娜娜
曾是賽恩部下的魔造人。
莉薩
橙鱗族少女。
小玉
貓耳族少女。
波奇
犬耳族少女。

「這個是小小的波奇～？」
「是小小的小玉喲。」
「軟綿綿又圓滾滾的。沒錯，非常可愛。」
「兔子。」

爆肝工程師的異世界狂想曲

3

愛七ひろ

Death Marching to the Parallel World Rhapsody

Presented by Hiro Ainana

Kadokawa Fantastic Novels

插畫／ｓｈｒｉ

C O N T E N T S

Death Marching to the Parallel World Rhapsody

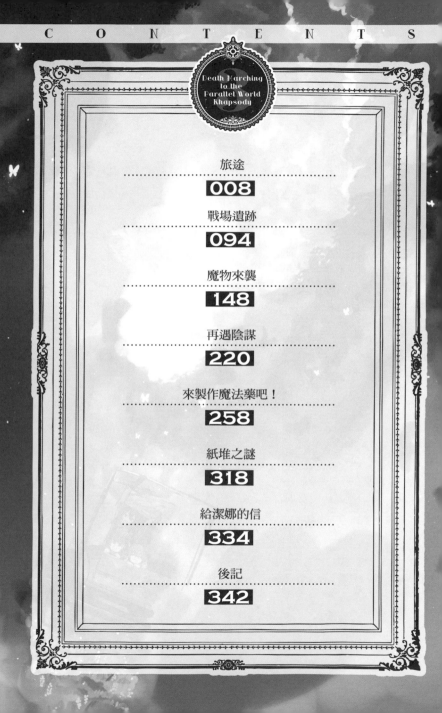

旅途

「我是佐藤。在電腦遊戲之類的ＲＰＧ中可以乘坐馬車移動時，總覺得就是劇情進行到一個段落了。儘管舒適程度還比不上汽車呢。」

喀啦喀啦，匡咚匡咚——馬車伴隨著聲響奔馳於街道上。

「嗚～」

「喵～」

每當兔子或老鼠之類的小動物在街道附近的樹叢裡偶然露臉之際，波奇和小玉就會做出自馬車撲出去的反應。而每一次，守在後方的莉薩都會拉住這兩人的腰帶。

馬車的速度就和淑女腳踏車差不多，但萬一掉下去捲入車輪一樣很不妙。

「波奇、小玉，探得太出去會摔到地面。背部要貼緊駕駛台的椅背哦。」

「好喲。」

「系～」

占據駕駛台左右方的兩人這麼乖巧地回答。

不過能如此安分地坐著，大概只會維持到她們下一次又發現什麼為止吧。

風有點冷，但天氣晴朗再加上陽光暖和，所以讓人覺得非常舒服。

由於是奇幻世界，我還以為會像ＲＰＧ那樣遭遇魔物，但現實中卻是一片祥和。

這也都多虧了潔娜他們這些領軍巡邏隊的努力吧。

只不過在查看地圖後，我發現距離街道沿線的遠方似乎潛伏著魔物。看樣子要求他們掃蕩至那麼遠的距離也太強人所難了。

離開聖留市不久後便進入與其說是森林，更像是多個樹林的集合體之中。而我們在一個小時前便穿越了那裡，前方如今是起伏多變的丘陵地帶。

蜜雅當初被「不死王」賽恩捉走的「托拉札尤亞的搖籃」，通往那裡的山脈就綿延於左手邊的遠方。

從這裡到山腳之間，茫茫雜草的縫隙間不時可窺見樹林般的樹叢或大片灌木。

進入丘陵地帶之前還能看到其他貨物馬車或徒步的旅人，但他們幾乎都在與西方街道的岔路口往那一邊去了。

西方街道上有聖留伯爵領的礦山都市，再經過大約兩個伯爵領後就是貿易興盛的候爵領，所以商人們似乎都要前往那裡。

從地圖看來，我們所在的南方街道好像還有其他貨物馬車緩慢地前進，但放眼所及的範圍內卻連一輛也沒有。

南邊也有伯爵領和男爵領，不過由於治安不佳，所以商人們似乎敬而遠之。

聽說到了以美麗運河夜景而聞名的歐尤果克公爵領，治安就會好轉，但那裡的物價不但便宜，當地的商人還牢牢把持著既得利益，所以並沒有什麼賺頭——透露這個消息的商人是這麼說的。

地圖上所見的西方街道沿線有較多的村落，其原因大概就在於此吧。

「肉～？」

「是羊喲！」

循著波奇和小玉的目光望去，牧羊人在遠方山丘上領著許多羊隻的景象映入我的眼簾。

兩人朝著山丘大動作地揮手，但或許是沒有看到，對方未做出任何的反應。

看似牧羊犬的小黑影正巧妙地控制著羊群以防牠們走散。

那並不是犬人，好像只是普通的狗。雖然在市內沒有見到狗或貓之類的動物，不過異世界這裡似乎也有人飼養。

一邊享受著這樣的景色，我們來到了筆直街道開始沿丘陵邊緣拐彎的地方。

匡咚，匡咚咚咚咚——馬車越過車轍之後產生晃動。儘管後方傳來蜜雅和露露的輕聲驚叫以及亞里沙的咒罵聲，但我直接當成了耳邊風。

街道未鋪設石板或是瀝青，而是裸露的泥土地，所以一旦沿著道路前進就會留下馬車的車痕。只不過每輛馬車的軌道都不同，於是就形成了一處留有無數道車轍交錯的場所。

馬車的行進路線是由馬匹自行沿著道路方向前進，不過要巧妙地閃避這些車轍就需要馭手的細微調整了。

儘管有了技能的輔助，但實際經驗仍不足以讓我靈活閃開所有的車痕。

當我在心中替自己這麼辯解之際，亞里沙趴在波奇的頭上從後方探出臉。

「能不能再駕駛得穩一點嘛～」

「妳就別為難一個新人馭手了。」

我隨口應付著亞里沙的抗議。被亞里沙壓住頭頂，波奇露出一臉困擾的表情。

「亞里沙，很重喲。」

「抱歉抱歉，因為位置剛剛好，太順手就靠上去了。」

亞里沙一邊道歉的同時從波奇的頭上退開，轉而依偎在我的肩膀上。要是被妙齡女性這麼對待好像會令人心跳加速，但換成年幼的亞里沙卻怎麼看都像是在撒嬌一樣。

這時候，可愛的「咕嚕嚕～」抗議聲傳入耳中。這恐怕只有具備「順風耳」技能的我才能聽見吧。

這個聲音無疑是來自露露。看來美少女就連飢腸轆轆的聲音也那麼可愛。

我在地圖上調查適合休息的地方。

「差不多是午餐時間了。再過去的丘陵上有許多巨石可以擋風，我們就在那裡用餐吧。」

我的提議獲得全場一致歡呼通過。

爬上被雜草淹沒的小路，我在巨石附近有陽光的地方停下馬車。

「好，我們到了。大家開始照顧馬匹和準備午餐吧。」

這麼告知後，我走下馬車放下輪擋以固定車輛。這是類似汽車手煞車的東西。

由於抵達前事先宣布了分工，所以不用我逐一下達指示，每個人便立刻開始著手自己的工作。

帶著「蹦蹦」擬聲般的輕快感，波奇和小玉跳下馬車，然後從駕駛台下方的收納庫裡取出馬匹的照料用具。

在有人的街道時用來掩飾身分的外套或許是留在了馬車裡，她們如今都穿著白色襯衫以及像南瓜一樣膨起的短褲。順帶一提，小玉是粉紅色，波奇則是黃色。

「要保養馬蹄喲。」

「挖挖～？」

「妳們兩個，小心不要被馬踩傷了哦。」

「好喲。」

「了解～？」

叮嚀完正在清理馬蹄的兩人後，她們用充滿活力的聲音這麼回答。馬兒則看似遺憾地用鼻子重重噴出一口氣，彷彿在說：「我可不會犯這種錯誤。」

「那麼，我和娜娜一起去尋找可以用來搭建爐灶的石頭。」

「嗯嗯，拜託妳們了。」

褐色皮甲打扮的莉薩告知一聲後，便前往撿拾巨石附近的石頭。

「主人，我過去了——很有活力地這麼報告道。」

緊接著，娜娜也自駕駛台下車。

她將長長的金髮綁成寬鬆馬尾，身上穿著的緋紅色連衣裙在肩膀部分顯得膨鬆，是現代日本所看不到的設計。穿在外面的胭脂色背心則被內側的豐滿雙丘擠壓，彷彿要裂開一般。

當然，下車那一瞬間的「搖晃」也都記錄在我的腦內錄影機裡了。

由於擔心收集石頭的工作可能會弄髒好端端的一件連衣裙，我便在馬車的遮掩下從儲倉裡取出圍裙交給娜娜。

察覺身旁的動靜後轉頭一看，這次換成是露露在等著我。看來她似乎一直在尋找開口的機會。

「主人，我把包包拿來了。」

「謝謝妳，露露。」

我接過露露遞來的萬納背包，伸出手輔助她下馬車。

儘管在握住我的手時似乎不再猶豫不決，但她每次都會臉紅這點反倒是讓我自己感到比較難為情。

搖曳著絲綢一般細滑的黑髮，露露降落地面。被空氣輕盈帶起的裙子底下剎那間可以窺見露露的白皙雙腿。

露露還是原本那件上街用的白色連衣裙比較好看，但旅行期間的服裝卻是換成了奶油色的襯衫以及深藍色的裙子。大概是因為白色容易弄髒吧。

接下來，踩著「叩叩」輕盈步伐來到駕駛台的是亞里沙。

「主人，也扶我下車吧～」

胭脂色的外衣搭配一套輕飄的粉紅色全套衣物，一身打扮完全不像在旅行的亞里沙帶著格外甜美的聲音伸出了手。

亞里沙的紫色頭髮隨風飄逸。之前用來遮掩他人目光的外套和金色假髮似乎留在了馬車裡。

由於不用花多少力氣，我便打算伸手扶住亞里沙的腰部讓她下來。

——忽然間，某種不祥的預感讓我把頭傾向一邊。

剛才嘴唇所在的位置上，出現了亞里沙那張像章魚般嘟著嘴唇的臉。好險好險。

「妳倒是很自然而然地想要性騷擾別人啊。」

「啊嗯，人家只是按照當初發誓的那樣想要服務一下！主人真是壞．透．了。」

「吵死了。」

聽見亞里沙彷彿冒出星星般充滿稚氣的回答，我於是輕彈一下她的額頭以催促她反省。

至於誇張地倒在草地上喊疼的亞里沙是否真有反省之意就很難說了。

拜那個契約的字句所賜，我完全無法防範她的性騷擾，所以比較麻煩的是我得用「契約」以外的方式管教她。

至少等亞里沙成長到二十歲左右就非常歡迎……應該還不至於吧。雖然起碼不會拒絕，但如今相當於小學高年級的亞里沙實在讓我沒有那種意願。

話雖如此，她的個性中卻流露出一種昭和年代的味道。由於本人似乎不想透露，所以我也就沒有詢問她轉生前到底幾歲了。

「佐藤。」

最後是精靈蜜雅面帶開朗的笑容呼喚我。

綁成雙馬尾的淡青綠色頭髮底下露出尖尖的耳朵。天空般顏色的服裝是和亞里沙相同款式的的異色版本。

從如今健康的臉色看來，已不見當初從賽恩手中救出時處於衰弱狀態的虛弱感了。

這樣一來，蜜雅在前往故鄉的漫長旅途上應該也能順利撐下去。

「蜜雅也希望我扶妳下車嗎？」

「嗯。」

展開雙手做出「準備萬全」的姿勢，蜜雅開心地這麼點頭道。

我摟住那纖細的腰部小心翼翼讓她下車。沒有像亞里沙那樣的性騷擾舉動讓我實在很放心。

「謝謝。」

「不客氣。」

蜜雅用靦腆般的微笑向我道謝，然後往巨石的方向搖搖晃晃地走去。

我從萬納背包裡取出桶子和裝了水的小木桶讓馬匹喝水。

順帶一提，我在啟程時已經大略解釋過萬納背包是一種「可以裝許多東西的魔法袋子」。為防止失竊，還事先叮嚀大家要保密。

「任務完成喲。」

「結束了～？」

「妳們兩個辛苦了。」

見到波奇和小玉前來報告作業完成，我於是撫摸兩人的腦袋以慰勞她們。

這個時候，負責點檢馬車底盤的露露回來了。

「主人，車輪和車軸都沒有問題。上面只卡了一點雜草，已經清理乾淨了。」

「嗯嗯，謝謝妳，露露。」

好，點檢也結束了——在給馬餵食之前，先讓馬匹處於輕鬆點的狀態吧。

「露露，妳幫我解下馬具。」

「是的，知道了。」

我請露露協助將馬匹放出車軛，然後把鞍轡延伸出來的韁繩綁在馬車上。

檢查過馬帶所固定的部位後，並未發現馬身上有什麼摩擦傷痕，所以看起來應該沒有問題。

「主人，有什麼需要幫忙的嗎？」

一邊整理凌亂的服裝，亞里沙前來這麼詢問。其額頭上還留有被我制裁的痕跡。從下次起，以後彈額頭的時候溫柔一點好了。

「嗯嗯，幫我餵馬吃鹽巴和水果吧。」

我從萬納背包中取出馬的飼料桶和裝有飼料的袋子，同時將兩顆水果和裝了鹽巴的袋子一併交給亞里沙。

這些水果是為了獎勵賣力拉車的馬兒。指導我和露露的老練馭手說過，長距離的拉車馬千萬別忘記補充鹽分。

「ＯＫ——蜜雅妳來幫忙吧。」

「嗯。」

亞里沙用活力十足的聲音呼喚蜜雅。眺望巨石的蜜雅則是點點頭，和亞里沙一起開始照顧馬匹。

「波奇、小玉，這樣很危險哦？」

「不要緊喲。」

「不要緊～？」

露露憂心的聲音讓我回頭一望，只見小玉正踩在波奇的肩膀上拿著專用毛巾擦拭馬背。乍看之下很危險，不過負責支撐的波奇下盤相當穩定，所以應該沒有問題才對。

要用些材料幫她們做個梯子嗎？

一邊想著這些事，我同時在飼料桶裡準備馬的午飯。食物裡混合了雜糧和稻草。儘管是粗食，但以拉車馬的飲食來說算是很高級了。

早早吃完從亞里沙和蜜雅那裡餵食的水果後，馬兒們將腦袋探進飼料桶裡狼吞虎嚥，表現出旺盛的食慾。

「吃得唏哩呼嚕喲。」

「好吃～？」

孤伶伶地坐在馬兒的飼料桶前，波奇和小玉用嘴含住手指看著馬兒吃東西。面對兩人的視線，馬兒似乎挺不自在的樣子。

為了馬兒的心理健康著想，我於是讓波奇和小玉兩人前去收集用來壓在墊子上的重石。明明是吩咐她們做事，兩人卻都很開心的答應，然後活力十足地離開了。

「對了，主人。我想用一些較厚的布，可以嗎？」

「好啊。妳要製作圍裙嗎？」

「我想改良一下稻草靠墊哦。」

在水桶裡清洗完被馬的口水弄髒的雙手後，亞里沙在用手帕擦手的同時一邊這麼拜託道。

所謂的稻草靠墊是為了保護屁股不受馬車震動影響而臨時趕製的簡易靠墊。將好幾個分量十足的稻草束綑綁在一起後，再用布像壽司捲一樣包覆起來。

起先打算在商店裡購買現成的靠墊，但聖留市卻都是在接單之後才會生產。由於會浪費好幾天時間，所以我們就自行想辦法了。

「用稻草做的靠墊果然不怎麼樣嗎？」

「不是的。以靠墊的功能來說已經很夠用了，只是剛才那點搖晃稻草就冒出來，屁股一直被扎得很痛哦。」

對於我的問題，亞里沙搖搖頭這麼回答。

原來如此，是不夠耐用嗎？

「既然這樣，在午餐煮好之前，大家一起來修理靠墊吧。」

我從萬納背包裡取出準備要給莉薩的大袋子，裡面裝有柴火、烹飪用具和食材。背包本身則是交給亞里沙保管。稻草靠墊的體積大太，小孩子應該會需要背包搬運才對。

我和閒得發慌的露露一起將食材和用具搬到莉薩她們那裡。

距離馬車不遠處的裸露泥土地上，已經完成了一座比我想像中還牢固的石爐灶。我向在爐灶前確認完成度的莉薩和娜娜兩人出聲：

「這爐灶比我想像中要氣派呢。」

「是的，製作這麼多人的燉湯就需要這種大小。」

和我一起過來的露露親手將烹飪用具交給莉薩。

「莉薩小姐，可以準備柴火了嗎？」

「是的，拜託妳了。」

露露開始在爐灶內擺放柴火，一旁的莉薩則是檢查烹飪用具。

「主人，作業完成了——這麼報告道。」

「嗯，做得很好呢。」

面對娜娜有些自豪的報告，我出言慰勞對方。

「主人，可以點火了嗎？」

在石頭搭建的臨時爐灶裡擺好柴火後，露露一手拿著打火石這麼向我確認。

「等一下，露露。妳用這個吧。」

用打火石點火的話非常辛苦，我於是將一併拿來的點火魔具交給露露。

「我……我沒用過那種魔法道具。該怎麼使用呢？」

「按下那個突起的地方，前端就會出火了哦。」

我教導收下點火魔具後不知所措的露露正確的使用方法。

「哇啊，好厲害。這麼簡單就能點火，好像魔法一樣呢。」

「畢竟是魔法道具啊。」

對於點火魔具只要一個按鈕就能點火的便利性，露露睜圓了雙眼訝異道。

由於被寄養在母親一方的平民區阿姨家中時只有打火石，在城裡擔任亞里沙的侍女時也未能進入廚房，所以露露表示自己第一次接觸到點火用的魔法道具。

「露露和娜娜妳們有烹飪經驗嗎？」

「以前負責過看火或是幫蔬菜削皮的工作，但還沒有正式烹飪過。」

「烹飪的工作一直都被No.3獨占，所以沒有實際經驗。烹飪的基本動作序列已經學習完畢，但食譜的函式庫還未登記。希望進行安裝。」

會烹飪的似乎只有莉薩一人，不過其他兩人起碼都能從旁幫忙才對。

娜娜說話雖然有些奇怪，想表達的意思卻很清楚。魔造人大概就像在智慧型手機裡安裝應用程式那樣，可以輕鬆地灌輸知識吧？

雖然有些好奇，不過還是優先填飽大家的肚子好了。

「那麼，任命妳們兩個擔任莉薩的助手。聽從莉薩的指示做出美味的料理。」

「是的，我會努力。」

「YES，主人。」

受娜娜奇特的說話方式影響，連我說起話來也變得怪怪的了。

「薩莉，接下來拜託妳了。」

「是的，遵命。」

和莉薩討論完大致的菜單後，我便將廚房的指揮大權交給她。

在廚房和馬車之間的中央處，亞里沙和蜜雅為了攤開從萬納背包裡取出的墊子而正在奮戰當中，我於是上前幫忙。

這個時候，波奇和小玉剛好撿來重石。將石頭放在墊子攤開的四個角落後，休息場所便完成了。

亞里沙將稻草靠墊堆在墊子上。

「那麼，波奇和小玉妳們先拿掉稻草束外面的布。只要解開這邊的帶子就能取下了。」

「好喲。」

「系系～」

「蜜雅妳就檢查一下解開的稻草束，有冒出來的稻草就先抽掉。」

「嗯。」

亞里沙向年少組的眾人分派任務並下達作業指示。

我則是先取出裁縫用具、好幾種布匹以及山羊的熟皮放在亞里沙身旁。

「哎呀？熟皮要用在什麼地方呢？」

「把這個用在和屁股接觸的部分，稻草就不會跑出來了吧？」

「嗯，的確是沒問題，不過用山羊熟皮這麼貴的東西好嗎？」

亞里沙傾頭不解地這麼詢問。

「嗯嗯，要是太節儉，害得大家屁股傷痕累累就不好了。」

「說得也是呢。畢竟摸起來的觸感也不舒服嘛。」

儘管亞里沙笑容滿面地這麼點頭，但我根本沒有那種打算。畢竟我可不具備愛好臀部的屬性，所以還是免了。

「既然有熟皮可用，就用不到厚布了呢。主人，可以幫我剪裁成這樣的大小嗎？我的手太小，皮革專用的剪刀拿起來不是很靈活哦。」

「嗯嗯，包在我身上。」

我將熟皮剪裁成亞里沙指定的大小後交給她。

儘管與大型皮革針辛苦奮戰，亞里沙仍將這張皮革逐一縫在波奇和小玉所取下的布上。很好，這時就讓可靠的主人展現出「裁縫」技能和「皮革工藝」技能的實力幫她一把好了。

我同樣也穿針引線，將布和皮革疊在一起後以流暢的動作縫上。其速度和精準度就連縫紉機也為之失色。

「好……好厲害。那種違反常理的速度……」

「主人，很厲害喲。」

「好厲害好厲害～？」

呵呵呵，大家的稱讚聽了真舒服。在我縫完後拉針打算整理縫線之際——

「——奇怪？」

「姆？」

縫線不知為何脫落，皮革和布變得七零八落。

我和在一旁觀看的蜜雅都感到不知所措。

「為什麼？」

「……為什麼？居然還問為什麼～！」

亞里沙對著天空這麼大叫。

叫完之後的亞里沙平復呼吸，指出了我的錯誤：

「真是的，怎麼會忘了要打結呢。」

打結——依稀記得在教科書上看過。說到這個，很久以前的家政課上，女生曾經學習過這種東西。

我於是拜託亞里沙老師傳授裁縫的基本知識。
果然，空有技能卻不具備知識，似乎很難靈活運用。現實真是殘酷。
這次我便集眾人的讚美於一身完成了加工。大家合力將縫完皮革的布套在稻草束外面。
另外，在做好第一件的時候，我就已經讓亞里沙測試過加工有無問題。
在聖留市購買的布當中有染成黃色的布料，於是我在亞里沙的指導下試著製作了手掌大小的小雞布偶。裡面的填充物則使用揉成一團的毛毯布料。

＞獲得技能「製作人偶」。
＞獲得稱號「人偶師」。

儘管獲得了技能，但僅是製作布偶的話仰賴裁縫技能已經足夠，所以就不要胡亂分配點數了。

「肉～？」
「這隻雞圓圓的喲！」
或許是肚子餓了，小玉和波奇看到布偶後都露出一臉「似乎很好吃」的表情。
「嗯，可愛。」

蜜雅感受著布偶充滿彈性的觸感。

「主人！」

頂著一臉正經的表情，娜娜拋下看顧鍋子的工作向這裡跑來。

怎麼了嗎？

「這隻幼體需要保護——這麼建議道。」

注視著兩手捧起的布偶，娜娜如此懇求道。

「妳很喜歡嗎？」

「是的。」

娜娜依舊面無表情地點了點頭。

「軟綿綿又圓滾滾。沒錯，非常可愛。」

她用臉頰摩擦著小雞布偶，表情一成不變卻看似非常幸福的樣子。

說到這個，娜娜可是0歲嬰兒呢。

「第一隻就給娜娜好了。」

「姆。」

「別生氣，我也會幫蜜雅妳做一隻。」

被搶走布偶的蜜雅不滿地嘟起嘴巴，我於是戳戳她的臉頰這麼安慰道。

然後用白色的布分別做了兔子布偶給蜜雅，小玉模樣的布偶給波奇，而波奇模樣的布偶則是送給了小玉。

「是小小的小玉喲。」

「這個是小小的波奇～？」

波奇和小玉帶著燦爛的笑容讓手上的布偶彼此面對面。

「兔子。」

「嗯，是兔子呢。」

蜜雅接過兔子後看似很開心地抱在懷裡。

由於亞里沙以及在遠處做飯的露露和莉薩都也一臉很感興趣的表情，近日內大概得幫所有人都做一隻了。

就在這麼互動的期間裡，傳來了午餐就快完成的動靜。

收拾一下製作布偶的用具後，我和年少組一起在墊子上擺放餐具做好準備。

「還沒好～？」

「一定就快了喲。」

小玉和波奇用熱烈的目光關注著莉薩她們將料理裝盤的背影。或許是迫不及待，她們的身體很有節奏感地左右搖晃。當然，尾巴也「啪啪」地忙碌擺動著。

「嗯，很香。」

「唔唔，餓得前胸都快貼後背了。」

蜜雅和亞里沙似乎也被鍋中飄出的香氣所擄獲。

看樣子，飢腸轆轆的人並非只有波奇和小玉而已。

「各位，飯做好了哦。」

「幫忙～？」

「波奇幫忙端菜喲。」

在露露的呼喚下，小玉和波奇用手擦拭流出的口水並跑了過去。

兩人原本打算將莉薩抬起的大鍋子端來，但體積對於波奇和小玉來說實在太大，所以莉薩乾脆就這樣直接端到了桌上。

抬頭望著莉薩的側臉，滿臉興奮的波奇和小玉也一路跟來。

年長組分配完餐點後，大家在亞里沙推廣的「開動了」禮儀下開始用餐。

令我意外的是，蜜雅竟然也知道「開動了」的禮儀。據說是蜜雅出生前就定居在精靈村落的勇者所傳授的。既然在蜜雅出生以前，就是距今一百多年前了吧。

今天的午餐是請門前旅館製作的鹹派、醬菜，還有莉薩她們所做的燉湯。裡面放了豆子、地瓜、洋蔥以及肉乾。

其中地瓜的形狀有些畸形，大概是露露和娜娜練習的成果吧。

我喝了一口清爽的燉湯。強烈的鹹味後是地瓜和肉乾的滋味刺激著舌頭。稍遲一些後，洋蔥的微甘又緩和了鹹味。

配料當中類似蠶豆的大顆豆子，口感和滋味就像毛豆一般柔軟美味。有朝一日，真想拿這種豆子川燙過後當作冰啤酒的下酒菜。

相較於門前旅館的熟練廚藝，其豪爽的調味手法堪稱粗獷的男人料理，不過已經足夠美味了。

「很好吃哦，莉薩。露露還有娜娜妳們也很努力呢。」

「您過獎了。」

對於我的稱讚，莉薩一本正經地這麼回答。但內心不知是被誇獎而感到開心還是感到害羞，莉薩的尾巴「啪啪」地敲打著墊子。真是的，尾巴果然很誠實。

娜娜只是一手拿著布偶，面無表情地點頭，露露卻看似很難為情的模樣。

「莉薩的料理一直很好吃喲！」

「莉薩好棒～？」

波奇和小玉緊握著湯匙稱讚莉薩。

「嗯，美味。」

「雖然有點鹹，不過很好吃。」

蜜雅和亞里沙似乎也相當滿意。

「主人，麥粥也很好吃——這麼報告道。」

唯獨一人吃著不同餐點的娜娜依舊面無表情地向我報告。

當然，這並不是在霸凌或是虐待她。

娜娜她們這些魔造人在出生後半年左右腸胃都很差，所以好像必須攝取流質食物或接受魔力的直接供給。

這點也記載在負責魔造人基礎設計的托拉札尤亞先生的資料上，所以應該不會有錯。

她過去在「搖籃」擔任賽恩的部下時，據說也會進入名為調整槽的專用設施裡以補給魔力和營養。

儘管娜娜出生已經超過了半年，但基於前述的原因，我便先讓她吃流質食物以觀察狀況。要是沒有問題，我打算再慢慢增加固體食物。

若是能使用「魔力操作」技能和術理魔法，似乎就可供給直接魔力，不過目前並沒有成員會使用這些手段，所以還是訓練她和大家一起吃飯比較好。

「娜娜，妳這樣吃得飽嗎？」

「主人，肯定沒有問題。」

娜娜看起來沒有什麼不滿，但稍後還是送她果汁漱漱口吧。

大家都吃得很心滿意足，不過只有一個人樣子怪怪的。

或許是討厭肉類，蜜雅將蔬菜燉湯裡的肉乾屑挑出放在小盤子裡。

「蜜雅，不可以挑食，要吃下去。」

「精靈。」

我說，妳這樣我根本就聽不懂啊。

或許是察覺我內心的想法，蜜雅喃喃唸了「肉」，然後用手指在面前打了一個小叉叉。

「哦～原來精靈是不吃肉的。妖精族果然還是要這樣才行呢。」

亞里沙開心地述說感想。這的確很有精靈的風格，不過蜜雅卻是傾著頭，大概是無法理解亞里沙話中的含義吧。

對了，難得有真正的精靈，不妨問問我長年以來的疑問好了。

「蜜雅，既然精靈不吃肉，那麼為何還要帶著弓箭？」

「魔物。」

這個就聽得懂了。也就是獵殺魔物之類的防禦用途吧。

畢竟在獸娘們變強之前我也不想讓她們進行近戰，而是在遠方用投石攻擊。精靈們想必也是讓小孩子從遠處利用弓箭或魔法戰鬥吧。

儘管想得有些離題，不過既然不能吃肉是出於種族文化，就應該給予尊重。

「既然不是挑食，那就沒辦法了。」

似乎是發現了什麼，蜜雅從我身上移開目光。循著對方的視線望去，卻只有被風吹動的草而已。

不管怎麼樣，我還是叮嚀負責配膳的人不要在蜜雅的食物裡加入肉類。

由於沾了肉汁的蔬菜燉湯似乎還可以接受，不用像有過敏症狀的人那樣另外分開煮飯，所以應該沒什麼問題。

另外，蜜雅挑到小盤子裡的小肉塊則是被波奇和小玉各分一半吃掉了。

那麼，不光是燉湯，也該來享用請門前旅館準備的便當了。

放在儲倉裡的鹹派暖呼呼的。從室外氣溫來看，實在是不可能達到這樣的溫度。看來儲倉的保溫性能似乎很不錯。

旅行期間順便測試一下儲倉的性能好了。像燉湯之類的料理在搬運時若能維持溫度，準備餐點時應該就輕鬆多了。

一邊想著這些事，我用叉子叉起一口大小的鹹派放進嘴裡。門前旅館的料理依舊這麼出色。

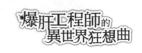

莉薩她們製作的燉湯和門前旅館的鹹派都很美味，使得我食慾大增。

大家熱熱鬧鬧地聊天一邊吃著東西，或許就是最棒的香料了吧。

◆

餐後大家一起洗盤子和收拾東西，然後休息了一個小時左右。

部分原因是要讓尚未完全恢復精力的馬兒多休息一下，但主要是我想讓年紀還小的小玉和波奇她們好好玩耍。

「小玉隊員！波奇隊員！」

「系！」

「是喲！」

回答得真有精神。她們將臉面向這邊，每當草叢方向傳來聲響時耳朵卻不斷在抽動著。

兩人現在一副很想衝向草原另一端的模樣。

「現在給妳們兩人任務！到巨石的周邊進行探索！」

「系！」

「是喲！」

我目送著如飛箭一般奔出的兩人。為了不讓她們跑得太遠，我事先叮嚀：「出發時間到了會叫妳們，可別跑太遠哦～」

純樸的音色吸引我回頭一望，只見蜜雅正在吹草笛。其行家般的旋律就像老練的演奏者所吹奏的一樣。

「吹得很棒呢，蜜雅。」

「是嗎？」

或許是對於自己的實力渾然未覺，蜜雅傾頭不解道。

話雖如此，被人誇獎後她似乎並不會不高興，反而很開心的樣子。

「蜜雅公主，請傳授我怎麼吹草笛——這麼懇求道。」

「公主，不是。」

娜娜在擔任賽恩的部下之際好像就稱呼蜜雅為「公主」了。

蜜雅看似並不討厭娜娜本人，只不過對「公主」這個稱呼有強烈的排斥感。

「可是，蜜雅公主——」

「娜娜，既然蜜雅不喜歡，以後就別叫她公主了。」

「是的，主人！今後將稱呼變更為蜜雅——這麼保證道。」

——真是聽話。

對於娜娜來說，她似乎也只是延續以前的叫法而已。

練習草笛的娜娜，態度認真得面無表情。將蜜雅和娜娜的臉湊在一起，由於容貌相近的緣故，看起來就像一對感情融洽的姊妹。

就在欣賞這兩人之際，亞里沙自後方出聲：

「我和露露要繞著巨石周圍散步以幫助消化，主人要不要一起去呢？」

「嗯嗯，說得也是。莉薩妳也一起嗎？」

「是的，我也一併陪同。」

我們四人於是在巨石的周圍散步。

丘陵的中央處可見波奇和小玉拚命追著兔子跑的身影。今晚要吃烤野兔嗎？

散步途中，亞里沙提議想爬到巨石上方，於是我決定先爬上去確認安全。

我控制在常人理解的範疇內踩著巨石的落腳處向上攀爬。

「身體很靈活呢。」

亞里沙說出了和潔娜類似的感想。

一邊請莉薩在底下幫忙推，我首先將亞里沙拉上了巨石。

「嗚哈！好壯觀的景色～」

發出歡呼聲的同時，亞里沙很快便在巨石上方開始探索。一邊叮嚀：「小心不要掉下去。」我接著將露露拉起來。

最後在拉起莉薩的時候，情緒激動的亞里沙前來呼喚我：

「主人！過來一下，有東西想請你看看。」

「怎麼了？這麼慌慌張張的。」

總之來就對了——我向這麼強調的亞里沙走去。露露和莉薩兩人也都對亞里沙的唐突舉動感到一臉困惑。

我走向亞里沙招手的方向。

「到底要讓我看什麼？」

「請看那個。」

我望向雅莉莎這麼指示的方位。

那裡可以見到疊在一起倒下的巨石。亞里沙究竟想讓我看什麼東西？

「要看什麼？」

「討厭，看仔細一點嘛。」

原來如此。終於知道亞里沙想讓我看的東西了。

「這是石鳥居嗎？」

「現在傾倒的樣子很難看得出來，不過好像是三座鳥居倒在一起呢。難道這裡以前是神社嗎？」

怎麼回事？這個石鳥居讓我有種熟悉的感覺。

——什麼？

望著鳥居，我的視野開始晃動。

——一郎，不要忘記。我們一直都在一起哦。

影像彷彿閃念一般浮現在腦中。

這段記憶是什麼？

——無論你在哪個世界、哪個時代，永遠都是一郎呢。

明明是黑白雙色的記憶，唯獨小女孩的眼眸和頭髮卻呈現醒目的原色。

小女孩的臉形成了陰影，無法看清長相。

——真的有轉生這回事嗎？

我是什麼時候這麼問的？

她又是怎麼回答？

——有的。不過啊，光是轉生還不行哦。

……想起來了。後面可以看到鄉下祖父家附近的神社。

那麼，這個奇異髮色的孩子就是青梅竹馬的那傢伙嗎？

——神和人的壽命不同。為了能在一起，就必須獲得神格才行哦。

身穿巫女裝的少女舞動神樂。

不，是神樂舞。一種獻給愛上人類的祭神之舞。

——如果是你……一定可以……

看不見臉龐的女孩將小手伸向我的臉頰——

「醒一醒，主人！」

回過神來，亞里沙的臉就在眼前。

「奇怪？亞里沙？」

「真是的，在這種地方打瞌睡，萬一掉下去怎麼辦！」

我向亞里沙道歉，然後環視周圍。

剛才那是怎麼回事？

確認了一下紀錄，似乎並非遭到他人精神攻擊的樣子。

我靜下心來試著整理記憶，以往回鄉下時當作遊戲場地的鳥居應該是一般的紅色才對。在閃念之際見到的青梅竹馬全都變了一個樣。而且頭髮和眼睛的顏色就像動畫角色般五顏六色。最後的女孩甚至是彩虹色的眼睛。

說到這個，我在學生時代好像製作過以那個神社為舞台的同人遊戲吧。由於現實中並沒有那種不可思議的對話記憶，所以應該是遊戲中的台詞吧。

是連日來的睡眠不足，使得我太勞累了嗎？

「你又在想什麼事情了。」

「抱歉抱歉，我想起了小時候常去玩耍的神社。」

同人遊戲的記憶突然在腦中回溯閃現這種事太難啟齒，我於是這麼回答。

甩開了白日夢，我轉而注視石鳥居的殘骸。

ＡＲ顯示在巨石的周圍呈現情報。原以為是普通的巨石文明遺跡，其實體卻令我感到相當意外。

我毫不賣關子地告訴亞里沙：

「這是壞掉的傳送門。」

一種電玩遊戲中常會出現，用來縮短旅程的機關。這似乎是很久以前就壞掉的。

「修得好嗎？」

「沒辦法。」

亞里沙聞言後猛然這麼詢問，我則是搖搖頭簡短否定。

畢竟手邊的資料沒有記載，自然也就無法修理連原理也不清楚的東西。

若能像遊戲那樣縮短旅程倒是很有吸引力，但飛到不明場所的話就敬謝不敏了。

◆

在巨石陰影處發現山菜叢生地的莉薩眼神頓時大變，一副看似很想採收的樣子，於是散步在中途就變成了採山菜之旅。

山菜附近開了好幾朵小白花。根據ＡＲ顯示，似乎是叫「冬綻草」。

「露露，妳過來一下。」

「是的，有什麼事呢？」

我摘下其中一朵白花，插在露露的頭髮上。

「嗯，跟露露妳的黑髮很相配。非常可愛哦。」

「……怎……怎麼會。裝飾在我身上的話，花就太可憐了。」

或許是不習慣被人稱讚容貌，露露忐忑不安地目光四處游移，一邊還做出否定的發言。

話說回來，露露以這個世界的基準來說是個醜女呢。

——明明就是如此傾國美貌，甚至可稱之為整個星球都為之傾倒等級的美少女。真是太可惜了。

「對了！如果是亞里沙一定很好看哦！」

制止了露露想從頭上抽出花朵的動作，我改用其他的花同樣插在亞里沙和莉薩的頭髮上。

大概是一樣的裝扮使她感到放心，露露隨後便不再想把花拿掉。由於看起來有些幸福的樣子，她想必並非討厭把花插在頭上這個舉動吧。

這一帶可能沒有什麼人會過來，所以山菜完全是任人採到爽的狀態。

話雖如此，被採光的話，之後來的人就比較可憐，於是我便在採到某種程度後制止。心裡想著應該先帶萬納背包過來才對，我一邊用外套充當籃子將山菜帶回去。

採下的山菜由於可透過鑑定或ＡＲ顯示獲得資訊，所以在聖留市購買的《旅行和可食用的植物》及《藥草辭典》就無用武之地了。

除了各種山菜和香草，我們還少量發現了幾種對止血和頭痛有效的藥草。

彷彿被草笛的音色所引導，我回到了娜娜和蜜雅等待的馬車前。

從地圖的光點位置判斷，波奇和小玉似乎也快回來了，所以便拜託露露先泡茶。

我和莉薩則是將山菜和藥草收進萬納背包裡。

在蜜雅的指導之下，娜娜吹奏草笛的技巧變得進步神速。或許是對此產生了對抗心理，亞里沙也採下腳邊生長的雜草宣布：

「我可不會輸給妳哦！讓妳見識一下升上中學之前都和附近的壞小孩玩在一起的亞里沙究竟是什麼實力。」

亞里沙吹響草笛，奏出各個音階。

雖然吹得很不錯，但就像是小孩子玩耍的程度，根本無法與蜜雅相比。採下和蜜雅她們使用的同一種草，我也試著吹奏草笛。

>獲得技能「演奏」。

>獲得技能「製作樂器」。

>獲得稱號「大自然的演奏家」。

雖然是老樣子，不過僅僅剪下一片雜草製作草笛就能夠獲得「製作樂器」技能，實在令我很難苟同。

我用草笛吹完一小節後停止動作。

亞里沙忍不住「噗哈」一聲地笑出來。露露面帶複雜的表情，但並未說出什麼感想。莉薩很聰明地忍耐著，不讓情緒寫在臉上。娜娜則依舊面無表情。

「……佐藤？」

蜜雅望向這邊，表情就像聽到了什麼難以置信的聲音。

——別用那種眼神看我。

儘管無意分配技能點數，但由於蜜雅的反應太震驚，我便將點數分配至「演奏」技能上面。

畢竟詠唱咒語時的節奏也很重要，之後或許會派上用場也說不定。這可絕對不是因為不甘心被人當作音痴才這麼做的。絕對不是！

呵呵呵！好好見識一下「演奏」技能等級十的威力吧！

「嗚嘔！這種好像高手故意吹得很爛的音色是怎麼回事！」

「偵測到主人的聲音效果器有異常。進行調整——這麼建議道。」

亞里沙和娜娜真是太過分了。

「禁止。」

蜜雅將我使用的草笛沒收了。

只是因音程有點走調而已嘛……看樣子，我的音痴並不會因「演奏」技能而獲得改善。

「主……主人，只要練習的話一定會進步！主人您一定辦得到的！」

「謝謝妳，露露實在很貼心呢。」

露露出聲安慰垂頭喪氣的我。真是個堅強的好孩子。

為了不讓露露擔心，我擠出笑容來回應她那句善良的話。
「代替。」
蜜雅戳戳我的肩膀說出這麼一句話。實在聽不懂她想要表達什麼。
對此，亞里沙幫我翻譯：
「太好了呢，主人。蜜雅說需要音樂的時候，她會幫忙代為演奏。」
「嗯。」
蜜雅心滿意足地點點頭，表示亞里沙的翻譯正確。
真希望蜜雅說話時再多增加一些詞彙。
「謝謝妳，蜜雅。」
我順便也向提供準確翻譯的亞里沙道謝。

「是獵物～喲。」
就在我們這麼悠哉互動之際，波奇自丘陵的另一端回來了。
波奇很自豪地用雙手舉起一隻兔子。以兔子來說耳朵太短，在ＡＲ顯示中的名稱直接就是「短耳兔」。是之前在門前旅館享用的烤全兔原型嗎？
波奇從頭到腳都沾滿了雜草和泥土，但笑容卻相當燦爛。

我將收下的兔子直接轉交給莉薩。

「體積很小，出發前應該可以把血放完吧。」

莉薩拔出短劍俐落地劃過短耳兔的喉嚨，就這樣抓住兔子的後腿開始放血。

「主人，既然有肉，我想在出發前先進行解體。請問方便嗎？」

「嗯嗯，沒問題。」

畢竟是波奇的獵物，這番旅途也不是很緊急。

「莉薩小姐，請順便教我解體的方法。」

「露露很熱中學習呢。那麼，我在一旁指導，露露妳就試著解體看看。」

「是的，莉薩小姐。」

看來兔子要由露露來解體的樣子。

亞里沙快步地往我這裡靠來。大概因為是討厭血腥味吧。這點我能夠體會。

逮住了想去觀看解體過程的波奇，我拍掉她頭上附著的雜草和泥土。再這樣下去，馬車裡會滿是塵土，我於是用水清洗手和臉之後讓她換件衣服。

「頭髮也全都是一粒粒的沙子呢。」

「要洗頭喲？」

「嗯嗯，反正有熱水，那就洗一洗吧。」

我詢問蜜雅在水魔法當中有沒有類似生活魔法「柔洗淨」之類的咒語，結果她的回答是「沒有」。真是可惜。

沒有的東西再怎麼強求也無濟於事，所以我改用普通方式清洗。在水盆裡注入熱水後加冷水調節溫度。由於加了太多水，水溫變得不冷不熱。

發現小玉似乎也全身髒兮兮地回來，我又在燒水壺裡加水然後放在火上加熱。

清洗完波奇之際，或許是兔子早就放完血，莉薩已經在進行斯巴達式的解體作業指導了。

不知不覺中，就連娜娜也在觀看解體過程。至於不吃肉的蜜雅似乎沒什麼興趣。

亞里沙大概是不願目睹這番光景，整個人轉過身去專心閱讀魔法書。

制止了真的像狗一樣想要抖動身體甩乾水分的波奇，我用毛巾仔細地幫她擦拭。

「肉～？抓到了～」

「小玉真有一套喲！」

從我身後回來的小玉喜孜孜地這麼報告。

小玉究竟抓了什麼東西回來？鳥嗎？

「肉？」

「嗚哈！那是什麼？好可愛！」

亞里沙回頭，聲音中帶著欣喜。

的確很可愛。毛色也很漂亮，外觀就像寵物店裡販賣的那樣令人憐愛。

小玉抓到的是一種小狗模樣，處於昏迷中的動物。藍色的毛皮，頭上還長出一撮看似呆毛的橙色毛髮。

「讓……讓我抱一下。」

「系～」

亞里沙接過昏迷的小狗。

根據ＡＲ顯示，牠是名叫「噴射狼」的魔物。等級只有一。

我在地圖上搜索牠的同族，卻沒有符合的對象。是父母被領軍所消滅了嗎？

雖然憑藉亞里沙的「能力鑑定」技能也可以看出來，但為了保險起見還是先提醒一下吧。

「再怎麼可愛也是魔物的小孩，要小心一點哦。」

「ＯＫ～」

就在亞里沙拜託小玉讓她抱抱看的時候，小狼清醒了。

「好痛！」

扭動身子掙扎的小狼立刻就掙脫亞里沙的束縛逃掉了。

小玉急忙繞到前方想要捕捉，但噴射狼卻從屁股噴出氣體越過小玉的頭頂，躍向將近五公尺遠的另一端。

簡直就像搞笑漫畫裡會登場的生物一樣。

「獵物～」

小玉衝刺追趕，但還是追不上拚命逃跑的小狼，最後垂頭喪氣地回來了。

「獵物，逃掉了。」

「小玉，對不起哦。都是我沒有抱緊。」

「沒關係。」

面對亞里沙的道歉，小玉只是無力地搖頭。

「主人，對不起。獵物……追不到了。」

小玉無精打采地前來向我道歉。

我將手伸向小玉的頭頂打算安慰她。

不過，小玉卻誤以為我要發脾氣，耳朵整個垂下緊貼著。

「才失敗一次讓獵物跑掉，我完全不會生氣哦。」

我溫柔地撫摸著小玉的頭部。

「只要小玉妳平安無事，以後還有機會。可別太逞強而受傷。知道了嗎？」

「系。」

小玉忐忑地睜開眼睛向上望來。

「小玉，下次會抓到更大的獵物。」

用衣袖擦拭眼角浮現的淚水，小玉這麼宣誓道。

我柔聲低語：「我非常期待哦。」然後更用力地撫摸小玉的腦袋。

◆

中午之後換成露露駕車，但由於莉薩表示也想學習駕車，所以我任命露露為老師並進行指導。

其他人則配合蜜雅的草笛一邊合唱。蜜雅吹奏的曲子是學自於亞里沙用鼻子哼出的動畫歌曲。大概是比較小眾的動畫作品，我對歌詞並沒有什麼印象。

由於精神年齡已不算年輕，還不至於加入這種天真無邪的合唱裡，所以我背靠在載貨車台最後方的尾板上眺望天空。

原本想要午睡，但難得有空閒時間，就決定閱讀賽恩留下的影魔法的魔法書。

不同於入門書，裡面一打開就是連串的咒語和看似賽恩所補充的筆記，所以實在是一本很挑讀者的魔法書。話雖如此，我在閒暇之餘已經看過入門書及初級魔法的解說書，因此起碼還能看懂咒語的文字結構。

畢竟掌握難解的流程是身為程式設計師的基本技能，所以並沒有問題。

起碼比起某個進我公司、自稱老手者所撰寫的「義大利麵程式碼」要可愛得多了。當初幫他那個火燒屁股的專案滅火實在有夠累人。

而且裡面好像還使用了程式碼混淆技術，不過這樣也還遠遠不夠惡劣。

像組合語言時代那樣，變數和程式碼會因解讀部分而有不同意義固然是很討厭的做法，但只要判定是那種程式的話解讀起來就很簡單了。

換成以前的我或許得多花一些工夫，但有了高智力的輔助，資訊就像翻頁一樣立刻浮現在腦中，所以非常輕鬆。

最初閱讀入門書時還沒想到，如今隨著理解的加深，我發現這個世界的魔法和程式語言有著驚人的高親和性。

簡直就像這個世界的魔法是由程式設計師所創造的一樣。

——手掌有些溫溫的。是波奇或小玉在握著我的手玩耍嗎？

擺脫腦中浮現的些許雜念，我回到咒語解析的作業上。

不久，初級的影魔法解析完畢，這次換成生活魔法的解析。

目標是利用水魔法重現我清洗波奇時所希望使用的生活魔法「柔洗淨」的咒語。

開始解析生活魔法後我立刻就知道，這種魔法的性質很不同。

與其他魔法有著根本上的差異。前者只要遵循魔法的法則，術者就可以憑藉喜好任意改變或創造新魔法，但後者就只能將黑盒子化的既有功能呼叫出來而已。可改變的最多是擴大效果範圍之類的程度。

這樣一來要將生活魔法移植至水魔法就不可能了。

就像蜜雅用耳朵直接複製亞里沙哼出的歌曲一樣，我也從生活魔法的動作中思索必要的術式，試著從現有的水魔法裡複製出可以使用的部分以創造新的咒語。

這類的解析和研究令我無比著迷。我整個人逐漸沉浸在思考的深處。

就這樣經過好幾個小時——

——嗯？手上感覺到某種柔軟的彈力。

關閉以全螢幕顯示的主選單往前方一看，只見亞里沙正把我的手按在娜娜豐滿的胸部上。

——哦哦！

手指陷進去了。順從著本能，我就這樣溫和地搓揉幾次。

蜜雅和亞里沙將我的手從天堂剝離。

「無恥。」

「等……等等，你要揉到什麼時候啊！還不趕快放開！」

蜜雅倒還可以理解，但亞里沙明明就是自己強迫我的，真是太過分了。

娜娜用手按住被我搓揉的右胸，低垂著臉。其外表是個成年女性，骨子裡卻還是0歲嬰兒呢。

我開口打算向娜娜道歉。

娜娜抬起並未變紅的臉，依舊面無表情地傾著腦袋向我詢問：

「主人，左胸也要揉嗎？」

「可以嗎？」

聽了聖女般的娜娜這麼提議，我不禁要伸出手，但亞里沙卻搶在之前迅速用身體闖入我和娜娜之間。

由於這個緣故，我的手也被亞里沙那平坦的胸部擋下來了。可惜可惜。

「可以嗎？——這是什麼話啊！」

亞里沙粗暴甩動紫色的頭髮，張牙舞爪地這麼吼道。

「佐藤，色色的不好。不行哦？沒有結婚的女性，身體是不可以摸的。所以佐藤不能摸。」

呈跪坐姿勢的蜜雅這麼長篇大論地訓誡我。

想撫摸大胸部可是男人的本能啊。雖然這麼說出來話大概會被罵得更慘吧。

見到我面前吃醋的兩人，娜娜不解地傾著頭。她一臉不知兩人為何生氣的表情。下次請露露或莉薩教導她一下好了。

「早安喲？」

「嗚喵～」

波奇和小玉被這陣騷動吵得猛然起身。

還在納悶她們為何如此安靜，原來是唱歌唱累睡著了嗎？

見到揉著眼睛的波奇和小玉後或許是氣消了一半，亞里沙和蜜雅都沉默不語。不過心情可能還不是很好，兩人依舊鼓著臉頰。

這時候就展現一下成熟的應對吧。

「我會妥當處理，不至於亂摸。」

「雖然很不喜歡那種那種政治人物的說話方式，不過就原諒你了。這就是所謂有肚量的成人呢！要是想摸，就找我亞里沙商量一下吧。我可以私底下讓你摸個過癮。」

「姆，亞里沙。」

看來蜜雅訓話的對象換成了胡言亂語的亞里沙。

我乘這個機會拋下亞里沙和蜜雅，移動至駕駛台的露露和莉薩那裡。

「主人，亞里沙好像在大吼大叫的樣子，發生什麼事了嗎？」

多虧馬車的噪音，後座的騷動似乎並未清楚地傳到前方。

「嗯嗯，因為亞里沙剛才惡作劇，所以發生了一點誤會。」

「是這樣嗎？」

我中規中矩地回答露露的問題，轉而詢問莉薩的狀況。

「怎麼樣，駕車技術有進步了嗎？」

「是的，多虧露露的指導，沿著道路行駛已經沒有問題了。不過在超越行人時，若是對方走路搖搖晃晃就會覺得很焦急。」

「妳很快就會習慣的哦。」

莉薩講話的同時仍手握著馬車的韁繩，但看起來卻非常謹慎的樣子。以後就由我、露露還有莉薩三人輪流擔任馭手好了。

「主人，我也想駕駛馬車——這麼懇求道。」

「好啊，下次休息的時候就跟莉薩互換一下，請露露教妳吧。」

「是的，主人。」

看娜娜一副幹勁十足的樣子，從明天起大概可以四個人輪流了。

發現夾雜在馬車聲中的蜜雅訓話聲已經停止，我便前往那裡。

被我棄於不顧的亞里沙很快就上前來抱怨。

換成平時只要視而不見即可，但這次亞里沙的失控卻讓我因禍得福，所以我便耐心地聽她說完。

令我意外的是，亞里沙很快就抱怨完畢。我於是進入正題：

「然後，剛才找我幹嘛？」

「也不是什麼重要的事情啦。話說你整個人眼睛睜開卻毫無反應。而且在巨石上的樣子也怪怪的，所以害得我快擔心死了。」

所以亞里沙才會做出那種粗暴的舉動嗎？這的確毫無辯解的空間。

以後打開全螢幕的主選單進行研究時，可別忘了要閉上眼睛才是。

「抱歉抱歉，設計新的咒語時太過專心，完全沒察覺周遭的狀況——」

「新的咒語！」

亞里沙驚叫，打斷了我道歉的這句話。

「怎麼了嗎？」

「原來主人是咒語的研究專家嗎？」

「唔，我只是在製作剛想到的咒語哦。」

亞里沙一臉好奇地詢問：

「是改編了哪一個咒語呢？」

「不，我的意思是全新的咒語。」

「……真有那麼簡單就能做得出來嗎？又不是像大國的研究機關投入優秀的人才和資金，花費數十年才完成的咒語。」

——太誇張了吧。

「妳說的是大規模的戰術魔法吧？我需要一種類似生活魔法『柔洗淨』的水魔法，所以才自行製作而已。」

「……而……而已……」

我聳聳肩膀糾正誤解的亞里沙。不過，亞里沙似乎無法接受。

既然提起這個話題，就先拜託一下原定要尋求協助的蜜雅好了。

我向身旁正在閱讀魔法書的蜜雅出聲：

「大致上都已經完成，下次休息的時候我想請蜜雅妳幫忙實驗，可以嗎？」

「嗯，我做。」

由於蜜雅很爽快地答應，我得在下次休息之前把咒語完成才行。

確認紀錄之後，我已經獲得「研究者」這個稱號，但「魔法學」和「製作咒語」這類技能卻還未取得。

哎呀，差點忘記亞里沙的事情了。

我為自己的離題向亞里沙道歉，然後詢問她找我的主要理由。

「其實我想要一種可以在馬車裡玩的學習卡片或是紙牌之類的道具。有沒有什麼東西呢？」

「嗯，樂器。」

木材倒是有，但由此製作成板子的話似乎會很累。

以技能的角度來說，或許還可以製作出蜜雅想要的樂器，不過沒有配方或是製作方法就辦不到了。最起碼我手中的資料裡並沒有能派上用場的東西。

「目前手頭沒有呢。明天再到鎮上購買樂器或卡片的材料吧。」

距離最近的凱諾納是個三千人左右的小鎮，不過應該可以弄到樂器或板子才對。我順便也想先購買木製的桌椅組。調理台的話，同樣很想要一個呢。

◆

在午後的旅程中，水魔法版的洗淨魔法逐漸成形了。

另外，這次我是閉上眼睛後才開始研究，所以並沒有讓任何人感到操心。

在作業告一段落之際睜開眼睛，我發現自己被小女孩包圍倚靠。不過小孩子的體溫較高，在寒冷的天氣裡倒是非常歡迎。

還有，每隔兩個小時的休息時間，我都會拜託蜜雅進行實驗以驗證新咒語的動作。

第一次休息時由於小疏忽而造成了魔法無法發動的不良狀況，但第二次休息時便以髒衣服為對象實驗成功了。

因為消耗的魔力有點多，我打算在下次休息之前改良完成。

第二次休息完畢後的一個小時左右，新咒語的調整大致結束了。降低消耗魔力的目標多虧了存在其他的咒語可供參考，所以進行得頗為順利。

由於不能只顧著開發新咒語，我便打開地圖確認今天預計露營的地點和現在位置。

最初的預定地是位於聖留市直線距離四十公里外的池塘畔，但進度比我想像中要慢了許多。

——哎呀？見到主選單上顯示的時鐘後我有了意外的發現，於是便喚醒了把我的膝蓋當作枕頭睡覺的亞里沙。

「亞里沙。」

「幹……幹嘛？我什麼都『還沒』做哦。」

睡得迷迷糊糊的亞里沙揉著眼睛撐起身子。

「亞里沙，我有事情問妳。『這邊』一天是幾個小時？」

「咦？不就二十四小時嗎？王城的鐘樓是禁止進入的，所以『這邊』全都是仰賴報時的鐘聲來得知時間。」

說到這個，我在聖留市沒見過時鐘。就連逗留在城堡裡時也沒有看過的印象。

「這樣啊。那麼妳也不知道一小時有幾分鐘了吧？」

「嗯，體感時間應該是一樣的……難道不是嗎？」

面對亞里沙的反問，我點點頭：

「嗯嗯，我有項固有技能可以得知目前的時刻，剛才和那邊帶來的手機時間比較之後，每分鐘的長度也是一樣的，不過——」

說到這裡我停頓一下，然後告訴亞里沙剛才的發現。

「一個小時似乎有七十分鐘。」

之前完全沒察覺。因為我目睹了主選單時鐘顯示「分」的單位跳至六十的瞬間。繼續看下去後，它竟一路前進至六十九分，然後再歸零，所以絕對不會有錯。

順帶一提，若以六十分鐘換算，一天就是二十八小時了。

「哦——這邊一年有三百天，所以按照『那邊』的方式換算還以為變年輕很多。原來根本就差不多嗎？」

一年有三百天，這又是新情報了呢。由於一個月是三十天，那麼一年就有十個月了吧。再以一天二十四小時換算的話就變成三百五十天。大約是百分之四的誤差。一百年就會產生四年左右的偏差嗎？我將心算的結果告知亞里沙。

話說回來，一天的長度差了四個小時，身體狀況應該會有所變化才對，但自從來到這裡後卻未曾感覺到明顯的身體不適。

儘管如此，與回到了年輕的十五歲相比，未感到不適這點根本就不足一提了。

好了，不能只顧著討論新發現，我將目光移回地圖上確認抵達露營預定地為止的剩餘行程。

或許是休息時間太長的緣故，應該說我估計得太過樂觀，照這樣下去，抵達時很可能已經日落時分了。

在黑暗中準備第一次露營的話門檻頗高。還是找個新的露營候補地比較好。

根據在聖留市購買的《露營的建言》一書，在視野開闊的地方升起營火似乎會引來昆蟲魔物，於是我打算在中途的小林子裡紮營。

雖然從丘陵地帶會被看得一清二楚，不過那個方向的魔物就位於遙遠的另一端，所以應該沒有問題。

儘管事先購買了「驅魔物粉」這種東西，不過還是希望尊重一下先人的智慧。

我向莉薩告知變更預定地。因為沒有地址或地圖，所以只用「在那個山丘對面的林子附近紮營」的方式來形容。

萬事通屋的娜迪小姐所繪製的地圖相當粗略，像這種時候就派不上用場了。

雖然只要告訴大家我的固有技能一事就會簡單許多，不過主選單，特別是地圖和儲倉的事情我依舊保密中。

另外像是沉睡在儲倉內的龐大財寶、我其實已經有三百一十級和種種技能等，有許多事依然瞞著大家。真要說的話，對外公開的資訊還比較少吧。

這並非因為不信任大家，而是為了安全起見。只要不知情，就不會在平時的交談中無意洩漏，也不至於會被他人懷疑。

為了有個舒適安全的觀光旅行，我的方針便是將麻煩的因素控制在最小程度。

所以，為遏止危險的幼苗，就得向大家隱瞞我的等級和諸多技能，僅能很籠統地表示「我的等級其實很高」、「索敵能力很強」、「精通很多技藝」而已。

在這當中，只要大家都能成為足以自衛的強度，也可以成為強力的後盾，我想還有很多可以講的。

變更露營預定地的結果，我們在距離日落還有一大段時間之際抵達了。

「真的不進村子裡呢。」

「一開始不是說了嗎？」

亞里沙嘆息般地聳聳肩膀。

以往和奴隸商人尼多廉在一起的時候，儘管會被村民所疏遠，但一行人必定會在村裡的廣場角落紮營。會選在沒有結界柱保護之處露營的，好像就只有那些無家可歸的流浪者或像盜賊那種不怕死的傢伙。

「不用擔心，我已經買了露營用的驅魔物粉。」

「唔，要是平常都用那麼昂貴的藥品，很快就會破產了哦。」

亞里沙一副不敢置信的模樣搖頭道。

「驅魔物粉」似乎是附近沒有村落而不得不露營時才會使用的非常手段。

儘管很貴，每晚的花費最多才一枚銀幣而已。一枚銀幣就能避免我家這些孩子們不愉快，算是很便宜的投資了。

由於未透露過有龐大的資金沉睡在儲倉裡，我這麼做似乎讓她們操心了。之後找機會提醒亞里沙和年長組她們「幾百枚金幣的花費對我來說不成問題」好了。

「好，時間有點早，我們就去狩獵吧。」

完成露營的準備後，我向大家這麼出聲。

當然，我會這樣提議主要是為了讓小玉復仇。

希望儘快用快樂的回憶覆蓋過那段悔恨的記憶。

「波奇會努力喲！」

「小玉也會努力。這一次要抓到很大的獵物。」

「主人，我也一併陪同。」

「姆，弓。」

蜜雅原本也想參加，但因為沒有弓就打消了念頭。普通的魔法需要花時間發動，若非採取偷襲方式，並不適合用來狩獵逃走的獵物。

「蜜雅妳就跟我一起練習魔法吧。」

「嗯。」

亞里沙幫我向鼓起臉頰的蜜雅這麼補充道。

我將寫有完成版新咒語的紙張交給蜜雅。說明文字則是以精靈文字書寫其上。

「那麼，我先和娜娜小姐削一下晚餐要用的蔬菜。」

「我會盡微薄之力——這麼宣告道。」

「是的，請多多指教。」

待莉薩對露露和娜娜下達完準備晚餐材料的指示後，我帶領獸娘們自露營地出發了。

當然，穿著長袍無法在山中行走，我於是換成了長袖襯衫及褲子。波奇和小玉也是長袖襯衫和褲子，另外還穿上了外套以充當防具。

我們四人往山腳的方向走去。透過地圖，我已經確認了前方有一群赤鹿。

「啊！是兔子喲！」

「等一下，波奇。」

波奇發現短耳兔後飛奔而出。

由於事先拜託了莉薩幫忙保護波奇，她在往我這邊使了個眼色後隨即跟著跑出去追趕波奇。

「妳不追兔子嗎？」

「小玉，要抓更大的獵物。」

小玉語氣生硬地回答。真想趕快讓她解決一頭赤鹿，好回復以往那種悠哉的語調。

我假裝在尋找獵物，一邊將小玉誘導至預先埋伏在赤鹿群前方的方向。

「找到獵物了。」

「是鹿呢。」

既然名為赤鹿，我原本期待牠的體色會有多紅，結果只有胸前的毛皮是紅色，其他就跟普通的鹿沒有兩樣。

我和小玉兩人從下風處接近鹿群。

即使如此，我們的動靜還是被察覺，鹿群終於逃跑了。

小玉見狀要上前追趕，但自然不可能比得上鹿的速度。我中途逮住了小玉以阻止她繼續追逐。

「逃掉了。」

「不要緊，還有其他獵物哦。」

剛才的鹿群應該提高了警覺，隔一些時間再重新挑戰吧。

我在遠遠可看見赤鹿群的場所和小玉擬定作戰計畫。要是小玉擁有偷偷接近的技能就好，但既然沒有，再怎麼強求也無濟於事。

最後決定由我負責將牠們驅趕至小玉的方向，利用小玉的投石從遠距離進行獵殺。

若是隨便發出聲音就會被赤鹿發現，所以我和小玉事先決定好手勢暗號。為了讓小玉方便記憶，手勢就只有「攻擊」、「等一下」、「快逃」三種。

將小玉留在現場，我比剛才被發現的距離繞了更大一圈接近。中途還撿了好幾顆投石用的石頭。

對小玉下達「等一下」的指示後，我便在鹿群面前現身將牠們趕往小玉的方向。

牠們進入迫不及待的小玉射程的範圍後，我打出了「攻擊」的手勢。察覺捕捉到小玉身影的赤鹿群想要往左右分開，我於是丟出剛才撿到的石頭加以恫嚇。

我擲出的石頭如砲彈一般，赤鹿群行進方向前的地面被砸出一個大洞。就在受到驚嚇的赤鹿陷入恐慌時，小玉的投石也到了。

第一發僅擦過了赤鹿的背部，但第二發就命中了另一頭赤鹿的頭部。或許是小玉丟擲石頭的位置太遠，威力似乎還不到一擊必殺的程度。

拋下倒在地面的一頭赤鹿，其他赤鹿們拚命逃走。

看準想要爬起來趕快逃跑的赤鹿，迅速靠近的小玉刺出短劍了結對方。

「好大的獵物～」

「恭喜妳，小玉。」

帶著滿面的笑容，小玉舉起被擊斃的赤鹿歡天喜地。

從赤鹿怨恨般的死亡表情上移開目光，我使勁撫摸著小玉的頭並出言稱讚。

接下來將赤鹿吊在附近的樹上放血。用來吊掛的繩子則是乘著小玉東張西望之際從儲倉裡拿出的。

由於萬納背包留在露營地，我和小玉兩人便尋找堅固的棍子準備將赤鹿帶回。附近沒有尺寸合適的倒木，於是我們踢倒較細小的樹木再用短劍削去樹枝製成。

將赤鹿的腿綁在這根棍子上，我和小玉兩人站在棍子的前後端進行搬運。如果是我會直接扛在肩膀，不過這樣一來跳蚤可能會跑到身上，所以就作罷了。

放血到了一定程度後，我們便扛著赤鹿回到了露營地。

「獵物～」

「哇啊！好厲害喲！莉薩！是肉喲！小玉和主人抓到了很大的肉喲。」

見我們帶著赤鹿回來，最高興的人就是波奇了。她以令人眼花繚亂的速度繞圈子跑來跑去。

除了亞里沙和蜜雅，其他人都待在露營地。莉薩和波奇似乎早早就折返了。

「歡迎回來，主人。實在是很棒的獵物。小玉一定也很努力吧。」

「系！」

聽了莉薩這句話，小玉猛然打直尾巴和耳朵，很自豪地這麼回答。

「主人，歡迎回來。小玉也很努力在幫忙呢。」

「主人和小玉的戰果——這麼稱讚道。」

「小玉，很努力～？」

面對露露和娜娜的稱讚，小玉竟罕見地害羞了。

我們將綁著赤鹿的棍子交給前來迎接的莉薩。莉薩輕而易舉地接過之後便和露露一起開始解體。

不知是不是錯覺，那凜然的背影給我一種彷彿要起舞的印象。大概是尾巴呈節奏性擺動的緣故吧。

「肉！肉！肉！是肉喲～」

「肉喲～」

波奇和小玉唱著「肉之歌」，一邊蹦蹦跳跳地前去聲援解體作業。

在加油打氣的期間或許覺得光唱歌還不夠，兩人又配上了不可思議的舞蹈。

「哎呀，抓到了滿大的獵物呢。」

「回來了。」

這時，亞里沙和蜜雅回來了。看來魔法的實驗似乎很順利。

蜜雅「蓬呼」一聲像在撒嬌般上前抱住我。

「等……等一下，蜜雅妳太狡猾了。」

「不狡猾。」

見到蜜雅用臉摩擦著我的胸膛，亞里沙發出「咕奴奴」的痛苦呻吟。

既然那麼不甘心，亞里沙也直接過來抱住我就好了。只要不做出性騷擾行為，要怎麼抱抱都無所謂哦？

進行了某種程度的肢體接觸後，我便請蜜雅施展那個新魔法。

「……　■■　泡洗淨。」

泡泡自一旁的水桶內浮出，逐一吸收了我身上的髒汙。就算泡泡接觸身體也不會弄濕。就像我設計的那樣。

「成功了。謝謝妳，蜜雅。」

「嗯。」

蜜雅看似很開心地緊抱而來，我則是撫摸著她的頭。

接著也把剛才在山裡奔跑的獸娘們叫來，利用蜜雅的魔法讓她們變得清潔溜溜。莉薩儘管已經換好衣服並洗完手，但還是乘這個難得的機會一起體驗了新魔法。

「很厲害呢。接下來換我了。」

「不行。」

「妳這是什麼話啊！……唔，原來魔力用光了嗎。」

「是。」

雖然是很方便的魔法，缺點就是會消耗太多魔力。

而且這還是在已經另外準備水源，大幅降低了所需魔力的情況下。

利用魔法產生水的機制似乎並非收集周邊的水分，而是將魔力賦予精靈並使它們變化為水屬性來達成的。

儘管最終階段的詳情不明，但在比較過好幾個咒語後，發現此一工程所消耗的魔力太多，於是就首先砍掉了。

即使如此，當前以蜜雅的魔力仍不足以對所有的人施展。雖然很想繼續改良，但目前還是讓她先分成早中晚三個時段施展魔法好了。

今天的晚餐是用鹿的內臟和山菜做成的炒菜、波奇在白天捕獲的兔子肉排和蔬菜燉湯。除了麥粥之外，同時也為娜娜準備了類似地瓜濃湯的東西。

豐盛的晚餐讓大家的情緒變得高昂，但比想像中還多的肉類料理卻讓無法吃肉的蜜雅看起來很失望的樣子。娜娜則一直在默默吃東西，看不出她內心的想法。

得再多想一些蔬菜類料理和流質食物的菜色才行。順便也拜託亞里沙出一些主意好了。

「主人，請喝茶。」

「謝謝妳，味道很香呢。」

喝著露露泡的餐後茶，我一邊享受著悠閒的時光。茶點是莉薩將波奇撿拾回來的堅果撒上鹽巴後炒製而成。類似較硬花生的口感令人上癮。

完成飯後收拾工作的莉薩回來了。

清洗餐盤的工作是由娜娜和年少組進行，所以莉薩只負責在地上挖洞後將廚餘拋入其中的作業。鹿和兔子無法食用的部位則是另外挖洞進行埋葬。

「莉薩，刺刺的沒有報告喲？」

「報告？……啊啊，只顧著解體鹿，差點就忘記了。」

波奇緊貼在莉薩的腿上這麼抬頭詢問。莉薩被波奇這麼一說後先是納悶地傾頭，然後彷彿想起什麼一般「啪」地拍了一下手。

以莉薩來說是很罕見的動作。莫非是看過亞里沙這麼做之後也學會了嗎？

「這是我們和山菜一起採回來的東西。」

莉薩從馬車的暗處抱回來一種用厚外套包裹的棘刺多肉植物。ＡＲ顯示裡的名稱「多棘的野草」就如同它的外觀那樣。

「是什麼植物？」

「這……」

莉薩對於我的問題支支吾吾。看來她也不知道的樣子。

據說是波奇聲稱這個有甜味，堅持要帶回來給主人，於是就只帶回一株了。

「可以吃嗎？」

「聞起來甜甜的喲！一定可以吃喲！」

波奇信心滿滿地回答我的問題，但其根據好像就只有味道而已。

順帶一提，我根本聞不出什麼甜味。儘管抽動鼻子嗅來嗅去，卻沒有獲得「聞香」之類的技能。

「甜甜的～？」

或許是沒有聞到味道，小玉也不解地傾頭。

「那……那個，主人。這種刺刺的東西——」

「露露妳認識嗎？」

「和我所知道的有些不同，但看起來很像是冬甘草。不過體積沒有這麼大，上面也幾乎沒有棘刺……」

剛才也試著鑑定過，好像和冬甘草是不同的植物。

我順便詢問露露有關冬甘草的特徵。那是一種野生於冬季山中，長有棘刺的多肉植物。由於用手折下厚實的葉片便會流出甘甜汁液，所以對於在山裡收集山菜和堅果的小孩們來說似乎是一項嗜好品。

話雖如此，也只是咀嚼果肉享受其中的甜味而已，據說絕對不可以吞食。少量的話還無所謂，但要是吃多了好像會搞壞肚子，連續跑好幾天的廁所。

我決定試著折下一片像蘆薈般生長的葉片。

就在將手伸向厚實的葉片之際，莉薩制止了我。

「主人，這種棘刺很銳利，徒手觸碰太危險了。」

「這樣啊。謝謝妳的提醒。」

我的皮膚在面對上級魔族的毒爪時也未留下任何像樣的傷痕，所以實在不可能被普通植物的棘刺弄傷。但莉薩的關心讓我感到很高興，於是便放棄徒手抓取。

我透過口袋從儲倉裡取出白天改造靠墊所剩下的皮革。將其纏在棘刺上面後，我在手不直接觸碰的情況下抓住葉片。

這種棘刺似乎比想像中還要堅硬銳利，竟然刺破皮革扎到我的手掌上。不過好像還未能刺傷我的手掌，只要不去在意那種尖銳的觸感就沒問題了。

我就這樣折下厚實的葉片。

這個瞬間，甘甜的氣味衝進了我的嗅覺。

就彷彿在水中投入砂糖至極限一般的香氣。

被我折斷的部位，透明的樹汁從中汩汩流出。

「流出來了～？」

「很浪費喲！」

小玉和波奇用雙手接取這些樹汁。

我調整葉片的角度使樹汁不至灑出。抱著品嚐看看的想法，我將樹汁滴在手掌。或許是傾放的時候過度用力，透明的樹汁順勢猛然溢出。

水分也太多了點吧。和我所知道的植物不同。真不愧是異世界的植物。

見到露露從萬納背包中取出器皿，我便將葉片移至那邊，連同手裡的液體也倒入其中，接著用舌尖舔舔看濕潤的手掌。

——好甜。有些青草味，卻擁有砂糖的甘甜。

味道就像是去沖繩旅行時吃到的甘蔗一樣，不過甘蔗並不會像這樣子流出樹汁。

波奇和小玉興致勃勃地觀望我的反應，我於是鼓勵道：「妳們兩個也舔舔看吧。」

「好喲！」

「系！」

兩人擺動著舌頭舔取樹汁。

好癢——不知為何，兩人居然在舔我的手。其積極的模樣彷彿要直接把我吃下去一般。

當然，我剛才說的意思是叫她們舔自己的手……

由於周遭的視線還挺刺痛的，我便在適可而止之際制止了她們。

「來來！主人，請用這個擦手吧。」

「謝謝妳，亞里沙。」

亞里沙出奇勤快地遞出毛巾。我將器皿交給亞里沙，反過來接下了毛巾。儘管懷有些許疑問，我仍用沾了水的濕毛巾擦拭滿是樹汁和口水的手。

「那麼，失禮了——」

「等等。」

我出聲制止打算將器皿裡的樹汁倒在我手上的亞里沙。

「妳在做什麼？」

「咦？要是不抹上樹汁的話，正……不對，就沒辦法舔主人的手進行服務了嘛。」

亞里沙一副「這種事還用得著問嗎」的語氣回答，不過我可沒有要求那種服務。

況且亞里沙，妳剛才差點說出「正太」二字，根本就未掩飾自己的性癖好哦。

面對淨說些蠢話的亞里沙，我帶著斥責的意味用拳頭「匡」地一聲敲她的頭。

「想嚐味道的話，把樹汁倒進盤子裡用手指沾來舔吧。」

「……是～」

露露從萬納背包取出小盤子並倒入些許樹汁，讓大家一起品嚐味道。

唯獨亞里沙還想用我的手指沾來舔，不過我當然拒絕了。真是學不乖的傢伙。

品嚐完甜味後，大家紛紛述說感想。

「嗯～很甜呢。既然露露以前吃過的是冬甘草，這想必就是劍山甘草了吧？」

「呵呵，說得也是呢。冬甘草的甜度雖然較低，但放在鍋子裡燉煮就會變得這麼甜。想必是類似的品種吧。」

「明明是棘刺，卻叫劍山？」

「是嗎，原來莉薩小姐不知道什麼是劍山啊。既然如此就命名為棘甘草吧。」

大概是亞里沙她們進行了這番對話的緣故，這種多肉草的名稱從「多棘的野草」變成「劍山甘草」，最後定案為「棘甘草」。

原來如此，鑑定中出現的名稱似乎會顯示最多人所認知的那一個。

那麼，這方面的研究到此為止了。既然看起來大受好評，露露剛才也說可以咀嚼果肉來享受甜味，於是我便向她詢問怎麼做。

「是的，剝皮後將裡面的果肉切成一口大小即可。」

原來如此，這點小事我應該也辦得到。

要是讓莉薩或露露來做，萬一手被棘刺扎到大概會受傷吧。

我拿起插在腰際的裝飾用短劍開始剝皮。拜「短劍」技能所賜，我在未割到手的情況下成功地剝出裡面的翠綠色果肉。

>獲得技能「調理」。

由於得到了很有用的技能，我便將技能點數分配至最大上限。

見到眾人的眼神都充滿期待，我再將果肉切成小指左右的長度後每人分發一片。

大家放入口中「嗯嗯」地咀嚼著。

彷彿事先約定好一般，所有人同時面露幸福的微笑。就連寡言的蜜雅和面無表情的娜娜也都微微放鬆嘴角。甜食真是太偉大了。

「小心不要吞下去了哦。」

這麼提醒大家後，我將最後一片放進自己的嘴裡。

鑑於大家對甜食似乎非常飢渴，我便拜託莉薩製作了將好幾種水果淋上蜂蜜後的甜點。至於娜娜的份，則是請莉薩將水果榨成果汁。

這些蜂蜜是在「搖籃」事件中解決掉紅針蜂的蜂巢時獲得的。黏度和糖度比普通蜂蜜更高。

我在最初的試吃階段品嚐一下，是不同於「棘甘草」的濃郁滋味。

這很適合作為飯後甜點，而「棘甘草」則似乎當作旅行期間的點心比較好。

我將用來製作眾人點心並削去棘刺的兩片棘甘草葉片移至容器，然後打算將剩下的部分放進萬納背包裡，不過體積太大無法辦到。

乘大家的目光和注意力都集中在莉薩製作的甜點之際，我解開包裹棘甘草的外套後將其收進儲倉。

——哇啊，外套表面爬滿小小的螞蟻和看似蚜蟲的生物。

說到這個，因為遊戲中無法辦到所以未曾嘗試過，但生物究竟能不能收進儲倉裡呢？

我緩緩捏起外套上的一隻螞蟻試圖收納，結果卻是不行。紀錄上也顯示「無法將生物收入儲倉」。

道具箱似乎也和儲倉的規格相同而無法收納。

話又說回來，由於在遊戲中可以收納所以就不加懷疑，既然無法收納生物為何卻可以收納蔬菜和水果？難道是當作屍體看待嗎？

為了解決這個疑問，我拿附近的雜草做實驗。

扭下的雜草可以收納，連同周圍泥土一起採下的雜草卻無法收納。就算撥掉泥土還是一樣無法收納。減少根部也無法收納。拿掉根部的話則又可以收納。扭下的根部好像也可收納。

明明就有嫁接這種技術，真令人費解。

嗯，既然「規格」是這麼回事，姑且就先接受吧。

順便嘗試的結果，道具箱同樣也無法容納生物。

另外在這一連串驗證作業的期間裡，我獲得了「實驗」和「驗證」的技能。

既然得到如此方便的技能，最近再來繼續針對儲倉和道具箱進行驗證吧。

旅行期間要做的事情有一大堆，看來不至於抱怨無聊了。

夜深之後的營火引來了飛蟻，我於是投入除蟲的藥。

驅魔物粉在我醒著的期間應該用不著。萬一真的接近，只要透過雷達發現並以魔法槍狙擊就結束了。

「啊啊，討厭，可惡的蟲子！」

除蟲藥似乎並非速效性，受不了的亞里沙用微弱的精神魔法將其驅散。這樣一來大概不會被昆蟲的翅膀聲吵得睡不著了。

話雖如此，現在睡覺還太早。

就在我猶豫該做些什麼之前，波奇便前來提出一個可愛的請求：

「主人，請唸繪本給我聽喲。」

「好啊，給我看看吧。」

我於是決定朗讀波奇從萬納背包中取出的繪本。波奇一旁還端坐著小玉和蜜雅。莉薩或許是很感興趣，擺出坐正身子準備聆聽的架勢。

包括欣賞布偶的娜娜和正在聊天的亞里沙及露露好像也相當感興趣的樣子，紛紛將注意力轉向這邊。

波奇拿來的繪本是有關於這個世界的神話。

「那麼，我要唸了哦。大家安靜點。」

「系～」

「好喲。」

很～久很久，非常久以前。七柱神和世界樹一起從神的世界過來了。神將世界樹種植於

大地，賜給許多人們智慧和語言。

人們過著和平的生活，在八棵世界樹底下富足地蓬勃發展。然而，不知從什麼時候起，世界上有了九柱神。

第八柱是龍神。

早在七柱神和世界樹一起過來之前就已經存在了。

龍神很貪睡，一直睡到世界完全變成另一個樣。

醒來的龍神雖然嚇了一大跳，但他本身是個大方且不拘小節的神，於是便爽快地承認了七柱神並和樂融融地相處。

不過第九柱神卻不一樣。

「主人，為什麼不是『人』而是『柱』喲？」

「因為這是慣用的單位哦。雞的話用『羽』，老鼠不是會用『匹』嗎？像這樣子，會依計算的對象而改變哦。」（註：「羽」、「匹」為日本量詞，中文當中，雞跟老鼠的量詞皆用「隻」）

我這麼回答波奇的問題。這邊的世界就如同日語裡會根據計算的對象採用「羽」或「匹」之類的不同單位。

「主人好厲害喲。雖然聽不太懂，可是好像有點了解喲。」

見波奇似乎理解了，我於是繼續唸下去。

九柱神是從其他世界前來旅行的魔神。

魔神很任性，凡事一定要爭個第一才肯罷休，所以經常和其他的神吵架。

魔神十分羨慕其他眾神身邊有許多種族圍繞著。

某一天，孤單的魔神創造了崇拜自己的魔族。魔族和創造他們的魔神一起到處欺負其他的種族。

為了不讓魔族繼續橫行，儘管傷透腦筋的眾神於是前去向魔神抗議，但對方卻完全聽不進去。

飽受欺負的最弱小人族向年幼的女神請求，希望獲得與魔族戰鬥的力量。

年幼的女神感到很為難。

因為年幼的女神根本沒有任何戰鬥的力量。困擾的女神和其他眾神或國王們討論過，但大家都只是搖頭呻吟，什麼也做不到。

年幼的女神於是找上了最強的龍神商量。當然，藉助龍族的力量是不可能的。要是這麼做，就會造成比肆虐的魔族更大的損害。

龍神一開始很猶豫，不過對年幼女神帶來的人族玩具和美酒感到很滿意，於是便傳授了一種魔法。

那便是召喚勇者的魔法。

是希望的魔法。

在這之後，被召喚而來的勇者擊退了魔王和魔物，繪本在「可喜可賀、可喜可賀」的字句中結束了。

每當年幼的巴里恩神為了尋求其他眾神和國王的幫助而東奔西走之際，波奇和小玉都會發出熱烈的加油聲。

這兩人身體一旦前傾就會讓我無法看到繪本，所以我偶爾還得輕輕將她們的腦袋按回去並繼續朗讀，這才是辛苦的地方。

這個繪本分成多冊，在第二冊繪本中巴里恩神和勇者一同討伐七個魔王，最後被賦予龍神變化獠牙而創造出來的黑劍，將魔神驅趕至天空彼端的月亮上。故事在這一幕圓滿收場。

負責繪本旁白的老婆婆做出總結，魔神的力量在新月之夜最為強大，所以不可外出走動。

這恐怕是一種教訓，目的是不讓人們在新月之夜外出走動而受傷。每一冊繪本都沒有版權頁，無從得知作者是誰。但無論怎麼看，故事都以巴里恩神為主角而非勇者，所以我想應該是神殿相關人士所寫的吧。

第三冊描述為了入贅巴里恩神，勇者進行成為眷屬神的一連串冒險和試煉。在第二冊幫助勇者和巴里恩神並大顯神威，名為「使徒」、地位相當於天使的存在到了第三冊之後居然被變成普通的小嘍囉，真是太可憐了。

莫非就連異世界的故事裡，也擺脫不了角色愈戰愈強的趨勢嗎？

在唸完這第三冊繪本後，已經到了就寢時間。

我在營火中投入驅魔物粉。白煙瞬間竄起時瀰漫出一種類似蚊香的氣味，但之後便沒有味道了。

根據雷達上所見，位於下風處原本朝著營火聚集而來的魔物光點開始逐漸遠離。就連上風處的魔物也保持一定距離不敢靠近。看樣子效果好像挺顯著。

守夜的工作是輪班進行，不過我將獸娘們打散至各個班，萬一有害獸或魔物來襲應該也不用擔心。最起碼我的警戒範圍內並沒有獸娘無法單獨對抗的生物。

最初的第一班是波奇和蜜雅。

兩人看起來都很睏，但莉薩吩咐她們去洗個臉以提振精神。

在這個世界似乎不能因為對方是小孩子就太過寵溺。莉薩採取嚴厲的態度讓波奇和蜜雅振作起精神。

我雖然負責深夜的班次，但今天決定就陪兩人一起醒著。

營火旁守夜的兩人為了不讓自己睡著，於是用棍子在裸露的泥土上畫線靜靜玩著○╳遊戲。

令我意外的是，原本應該全神貫注玩遊戲的波奇在大老鼠乘著黑夜靠近時竟確實做出反應，戒備著老鼠所潛伏的那片草叢。

包括睡覺中的小玉也不停抽動耳朵，所以當野獸來襲的時候大概可以即時應付。

到了交班時間，接下來是我和露露負責守夜，但露露剛開始沒多久便不斷點著頭打起瞌睡了。

白天除了擔任馭手和負責做飯，甚至還幫忙解體鹿，所以大概是感到疲倦了吧。

在不吵醒露露的情況下，我輕輕將她抬到亞里沙身邊讓她就這樣睡下去。

那麼，一個人也挺無聊。

新魔法的開發會導致注意力散漫而無法守夜，還是謹慎一點好了。

所以，我便打算進行白天一直想做的儲倉實驗。

為了實驗保溫的關連性，我在爐灶內添加柴火並將燒水壺放在火上加熱，準備沸騰之際收進各種收納空間內以確認溫度的差異。

等待水沸騰的期間裡，先來進行各式的驗證吧。

我從儲倉裡取出兩張紙然後點火，一張收進儲倉，等待剩下的那張燃燒殆盡後再次取出。

從儲倉內取出的紙依然在燃燒，看起來就和收納瞬間的狀態沒有任何變化。莫非儲倉內的時間不會流動嗎？

和道具箱比較一下好了。

這次我拿出三張紙，用墨水在中間做記號後點火燃燒。

待燒到記號處時，我分別收進儲倉和道具箱內。

和剛才一樣，等待外面的紙張燃燒完畢，我又從儲倉內取出紙。燃燒的位置依舊在記號處。僅確認這點後，我再次將其收入儲倉內。

果然，儲倉內的狀態似乎不會變化。不知是時間本身暫停了，抑或是單純以另一種型態被保存起來而已。正如「外部記憶裝置」這個名稱一般，說不定就像電玩遊戲那樣以「資訊」的形式被保管著呢。

我接下來確認從道具箱中取出的紙張。這邊在燃燒殆盡之前火便已經熄滅。看來道具箱內的狀態是會變化的。我又進一步驗證，得知火之所以熄滅是因為和紙張一起收納的氧氣耗盡的緣故。

就在這麼確認的期間，放在火上的燒水壺開始冒出了熱氣。

由於時間的流動與否已經確認完畢，就用不著繼續確認保溫能力。

既然都燒了開水，我便泡了香草茶打算暖和身子。沖泡方式僅僅將香草放在開水裡即可，實在非常簡單。

我喝了一口後突然心血來潮，試著將杯子裡的茶水收進儲倉，結果順利收納了。

這次則是將茶杯放在地面進行收納，同樣也收納成功。拉開距離後測試的結果，得知手未觸及的對象最遠可以收納到三公尺遠。

由於好像還需要直接目視物體，我便嘗試在地圖的３Ｄ顯示中標記目標物，結果是可以回收。

我又順便從儲倉取出鋼槍藉此加長距離，槍尖外三公尺處的物品似乎同樣也能夠收納。

是不是應該像某探險家一樣學會耍長鞭和操作鋼絲呢……

一邊想著這種蠢念頭，我又嘗試能否收納營火中的火焰，結果卻是不行。

不過，用手擋住茶杯冒出的熱氣後加以收納，卻成功收納了「蒸氣」。

莫非是以粒子的大小來決定的嗎？

話說回來，火焰算是粒子嗎？

說不定也有可能是因為無法收納自己所不甚了解的物體吧。

這次我改為嘗試混合物的分離實驗。

收納混入石子的泥土後僅顯示為「土」，選擇詳細資訊後會以樹狀結構顯示泥土或石子等種類別的物品。似乎可以輕鬆分離的樣子。

不過，將鹽溶入熱水所製成的「鹽水」卻無法分離成「鹽」和「水」。也就是無法從海水裡提煉純水嗎？

同樣地，我還嘗試能不能在儲倉裡解體收納於其中的「搖籃」昆蟲屍體，但這也一樣辦不到。還以為不用手觸碰就能進行解體，真是可惜。

在這些驗證過程中，我發現從主選單似乎可以直接存取道具箱。

位於儲倉根資料夾的同一階層裡，出現了一個名為「道具箱」的資料夾。就和在儲倉內移動一樣，道具箱和儲倉之間也可以進行移動。

只不過，關於道具箱的收納上限似乎取決於技能，所以很難進行驗證。

由於累積了一堆用不完的技能點數，我便將「寶物庫」技能提昇至最大值。

從道具箱取出收納物品時明明要使用魔力，和儲倉之間的移動卻不需要魔力。

在儲倉內，可以自由地針對收納物品進行其他物品的收納或取出動作，但道具箱內似乎無法進行這類編輯作業。

道具箱裡的物品好像也不能確認其詳細資訊或是在主選單內以３Ｄ顯示道具外觀。

除上述以外，我還對道具箱進行了其他驗證……

完全就是儲倉的向下相容版本呢。即使想取出物品，由於受到外界空氣的影響，保溫能力也不怎麼樣。

——太沒用了。

對於這個不滿意的驗證結果，我腦中浮現出這番牢騷。

不過，東西的好壞取決於不同的角度。既然狀態會變化，說不定能用在保管以外的用途上。想必一定可以找到適合它的用處。

最起碼，可以作為掩飾儲倉的存在事實之用。

＞獲得稱號「探求者」。

戰場遺跡

「我是佐藤。某本書上寫著，有相識和別離才叫作旅行。在旅行途中和認識的人展開意想不到的再會，也是旅行的樂趣所在呢。」

鳥兒們告知早晨來臨的啼叫聲傳入耳中。

身體總覺得很沉重。我保持醒來的姿勢就這樣往胸前下移目光，赫然見到有一隻修長的手緩緩抓著我的襯衫。往一旁移動視線，可見露露抱住我左手臂睡著的模樣。

由於我們睡覺時是分開的，她想必是把我當成亞里沙抱錯人了吧。

接著，我將目光移至另一側。

那裡是被一對巨大雙丘壓迫腦袋，面帶不快表情皺著眉頭入睡的蜜雅，以及那對雙丘的主人連同蜜雅一起抱著我入睡的平靜睡相。像這樣看著她們睡著的表情，真的就像姊妹一樣。

叫醒她們太過殘忍，我於是享受著微微的柔軟度和女孩子特有的香味一邊假寐。

將目光鎖定在因為被蜜雅頭部壓迫導致變形的娜娜胸部那起起伏伏的動作上，可說是男性的本色。

由於動員所有理智按捺住早晨的生理現象，希望對方就原諒我這點小小的樂趣吧。

「主人，早餐就快做好了，請您起床。」

負責在破曉時段守夜的莉薩前來叫我起床。那聲音聽來毫無感情應該是我的錯覺才對。

雖然有種莫名的內疚感讓我想說「對不起」道歉，但還是強忍著向對方道早安。

這個聲音似乎把露露和蜜雅吵醒了。

蜜雅冷淡地推開抱住自己的娜娜，同時輕輕道了一聲簡短的「早」。

「主……主人，對……對不起！都怪我睡得太迷糊——」

發現一直抱著我手臂的舉動之後，露露急忙拉開距離。那白皙的肌膚直至耳根都變得通紅。

「而……而且，一大早就看到像我這樣的醜女——」

露露用自虐般的說法開始道歉，我於是中途打斷她再次強調：

「區區手臂的話，我隨時都可以借妳抱哦。而且我覺得露露長得很可愛，雖然不知道要怎麼說妳才肯相信我。」

「可、可愛……」

或許是不相信我的話，她時而放鬆嘴角卻又忽然微妙扭曲著。

儘管就像花花公子用來搭訕的台詞，不過這樣若是能讓露露減少一些自卑感就好了……

美少女的豐富表情百看不膩，但差不多該起床了。

莞爾地關注著露露的反應，我一邊撐起身體。

感覺到異樣的抵抗力，我掀開棉被一看，那裡是波奇和小玉抓住我的襯衫睡覺的模樣。

原來如此，剛才感受到的沉重和溫暖，是來自這兩個孩子嗎。

我捏捏兩人的鼻子喚醒她們，然後讓她們換下睡衣。

被蜜雅推開後整個人呈後仰狀態的娜娜，其胸部頑強地抗拒著重力。那姿態讓我感到著迷，不禁想要伸手過去。但顧及到小孩子的視線，所以就克制了欲望。

察覺我的目光，蜜雅一臉不快地揪住娜娜的胸部叫她起床。

「——執行啟動序列。執行完畢。蜜雅，使用胸部緩衝組件的覺醒要求造成過多的痛覺資訊——這麼通告道。」

「嗯，抱歉。」

口吐著機器人般的喃喃自語，娜娜一邊抬起上半身。總之就是不要抓胸部叫妳起來，否則會很痛的意思吧。

蜜雅「啪啪」地摸了摸自己平坦的胸部，同時向娜娜簡短道歉。

繼波奇和小玉之後，露露和娜娜也開始換衣服，所以我也移動至用來擋風的馬車後方更衣。

「佐藤。」

「什麼事，蜜雅？」

我藉助「快速更衣」技能一下子就穿好衣服。

「幫我擦。」

蜜雅遞給我毛巾，然後當場脫下睡衣並將背部轉過來。

「盜汗。」

原來如此，意思是叫我擦拭盜汗嗎？

蜜雅原本就很黏著我，自從將她從賽恩手中救出之後，其撒嬌方式就變得像這樣更加毫無防備了。

抱抱的話倒還無所謂，不過這個最好還是鄭重提醒一下吧。

「蜜雅，不可以隨便在異性面前脫光光哦。」

「嗯。」

儘管她點點頭簡短回應，但真的聽懂了嗎？

稍後請莉薩或露露幫忙再次叮嚀好了。

「好了，擦乾淨了。」

「謝謝。」

擦完背部後，我向蜜雅遞出毛巾。蜜雅改變身體的方向並攤開雙手，擺出前面也要擦拭的姿勢。

下半身畢竟穿了內褲，但上半身卻只有長髮掩蓋著而已。

「還有這邊。」

「蜜雅，前面妳就自己擦吧。」

「……佐藤。」

「撒嬌也沒用。」

她目光向上望來這麼懇求，但再這樣下去太危險了。雖然我對平坦的肢體沒有興趣，不過總是有種不道德的感覺。

由於我無意走上坎坷的蘿莉控之路，所以斷然拒絕了蜜雅的要求。

不久後蜜雅或許是放棄了，不情不願地接過毛巾開始擦拭自己的身體。

從雷達光點的動態察覺露露和娜娜已經換好衣服，我便拋下蜜雅返回大家所在的場所。

自聖留市出發的第二天，早餐是鹿肉、類似大蒜的炒野菜及加了豆子和洋蔥的湯。一大

早就吃肉，拜託饒了我吧。

娜娜吃的依然是麥粥，不過加入了起司粉增添風味。可以感受到莉薩的貼心。

「亞里沙，很睏的話吃完早餐後再睡吧。」

「哦哦。」

和莉薩一起在破曉時段守夜的亞里沙，吃飯的時候一副昏昏欲睡的模樣，讓人看了不禁捏一把冷汗。

一邊協助整張臉就要掉進湯盤裡的亞里沙，吃完早餐。

用完餐後，亞里沙就這樣睡著了。

由於亞里沙早上似乎很難爬起來，從今晚開始把她調到守夜的第一班好了。

想著這些事情，我一面練習咒語的詠唱以消磨出發前的時間。

蜜雅偶爾會提供建議，不過透過蜜雅簡短的言語和手勢根本不知道她在糾正什麼地方，使我未能好好利用她的善意。

必須再多多進行溝通，好讓彼此間的理解更加順暢才行呢。

◆

從露營地出發後過了好一陣子，丘陵地帶的大片雜草中隱約可見黑色的影子。

ＡＲ顯示中出現「大牙蟻的屍體」字樣。

是之前莉莉歐她們說打了一場遭遇戰的敵方魔物名稱。

「佐藤。」

「嗯？怎麼了，蜜雅。」

後座在年少組歌唱大會上負責演奏的蜜雅，這時往駕駛台的方向走來。

「停下。」

大概是要上廁所吧。街道旁的草地上有一大塊被踩實的場所，我便指示練習駕車的娜娜停下。

「扛起來。」

「在這裡嗎？」

「是。」

蜜雅換上不同於平常的認真表情這麼要求。儘管有些納悶，我還是聽從她的請求在駕駛台上用肩膀扛起了蜜雅。

波奇和小玉羨慕地仰望著坐在我肩上的蜜雅。想坐在我肩膀上的話，稍後再把妳們扛起來，先等一下吧。

「那裡。」

我望向蜜雅所指的方向。

丘陵上有一條與其說是獸徑，更像被踩得無比結實，其寬度可以容納軍隊通過的道路。

沿道路旁隱約暴露出許多像剛才的大牙蟻屍體，可以得知這裡曾經發生與魔物的戰鬥。

「帶我過去。」

「了解。」

我扛著蜜雅就這樣走入獸徑。

馬車則是拜託娜娜和莉薩她們看著。

「米澤說過。」

一進入獸徑，蜜雅便這麼喃喃開口。

米澤是對抗賽恩派出的魔物，一路保護蜜雅至聖留市的那位鼠人戰士之名。由於米澤戴著的紅色頭盔讓人印象深刻，所以我都叫他赤盔。

「為了保護我……」

原來如此，這裡發生過鼠人戰士們與魔物之間的戰鬥嗎。

「澤澤、波羅、澤尼、米多羅、何澤、拉達、丘澤——」

蜜雅開始唸出戰士的名字。喃喃唸完十二人的名字後，蜜雅的聲音中斷了。

潸然流下的透明水滴隨風飄散。

「蜜雅，我們回去吧。」

「等等，再找一下……」

我將扛在肩上的蜜雅橫抱著，用手帕幫她擦拭淚水。

抱持著遺體萬一曝屍荒野便打算予以埋葬的想法，我透過地圖搜尋——但這個山丘上並不存在遺體，於是我試著加大搜尋範圍。

奇怪？蜜雅唸出的十二個人名當中，有五人還生存在接下來要前往的凱諾納鎮。他們以奴隸的身分待在看似奴隸商館的地方。

至於其他七人就不存在了。調整一下搜尋設定後，我確認了有六個人被葬在城鎮附近的樹林底下。剩下的那個人就連遺體也沒有留下來嗎……

「蜜雅，倖存的人說不定就在附近的城鎮裡。我們到下個城鎮後再找找看吧。」

「嗯，知道了。」

儘管確定有倖存者，但在隱瞞固有技能的情況下我並沒有把握能解釋清楚，於是換了另一種說法。

「每一隻十枚金幣。」

「哦，竟然獅子大開口呢。」

「說我獅子大開口，真是太遺憾了。別看我這樣，可是出了名的老實人。沒錯。」

頭頂稀疏的奴隸商人彷彿在試探我的想法，吊起眼珠子用令人生厭的眼神向上望來。

◆

過中午之際抵達凱諾納鎮之後，我獨自一人造訪了奴隸商館。話雖如此，由於是小城鎮的奴隸商館，小小的店鋪裡就只有十個奴隸而已。

「什麼老實人，真讓人聽不下去。行情價根本還不到三枚金幣吧？」

體型嬌小不適合從事勞力的鼠人族奴隸售價很便宜。因為沒有人會買來作為玩賞之用，市場行情價是三枚銀幣左右的低廉價格。至於這些人縱然擁有戰鬥用技能，價格多少會昂貴一些，但最多不會超過三枚金幣才對。實際上，行情價是十二枚銀幣——不到兩枚半金幣。

「再過幾天，礦山都市的奴隸商人就會來收購了，所以價格就變得貴一點。」

大概是看我年輕覺得好哄騙吧。儘管用「交涉」技能努力了一番，還是只能壓在六枚金幣的程度。

其實直接以對方的價格付款也是無妨，但被人當作凱子對待實在很不舒服，所以我決定要點滑頭。

我針對在聖留市獲得之後從未使用過的「威迫」技能分配點數並將其開啟。這樣一來態度應該會好很多吧。

「五個人一共十五枚金幣。」

我投以微笑，一邊對奴隸商人下達最後的通牒。當然，我小心翼翼地只讓自己的眼神變得冰冷。

不知是否為「威迫」的作用，奴隸商人的狀態變為「恐慌」，精力值似乎也在逐漸減少中。

我朝著面無血色嘴巴一開一合的奴隸商人靠近一步。

「好……好的，就……就按照這個價格出售。沒錯。」

效果這麼強的話就不算是交涉，而是相當於脅迫或恐嚇了呢。稱號裡也追加了「脅迫者」的稱號。以後若非必要還是別使用好了。

嗯，反正比市場價格高出許多，奴隸商人應該也不會吃虧才是。

完成奴隸契約，在等待辦理手續的期間裡，我請看似很閒的店員買來二手的兜帽外套讓鼠人們穿上。

由於是人族用的服裝，身高較矮的鼠人們穿上後會在地面拖行。儘管打扮看起來很怪異，不過總比暴露出亞人的外表安全多了。

我帶著鼠人們前往大家等待的旅館。

因為亞里沙聲稱要負責交涉，我便交給她全權處理。不知是用了什麼手段，好像成功地讓獸娘們住在旅館的房間裡了。稍後再向她請教祕訣吧。

「啊，主人！真的找到了嗎？」

「不是說過我很擅長找人嗎？對了，能不能叫蜜雅過來一下？」

我若無其事地回覆一臉驚訝的亞里沙，然後請她找蜜雅過來。

聽見我說出「蜜雅」二字，鼠人之間傳出輕微的鼓譟聲。他們似乎在用母語交談，我因而獲得「灰鼠人族語」技能。

「ＯＫ～那副模樣我想應該進不了房間，就先在馬廄或馬車上休息吧。」

「知道了。我會讓他們進馬車休息。」

我將鼠人們帶往停放在旅館中庭的馬車。

讓鼠人們全數坐上馬車之際，蜜雅便過來了。

「澤澤、澤尼、米多羅、何澤、拉達。」

她叫出鼠人們的名字，然後用雙臂一併抱住了大家。鼠人們也用難以辨認的希嘉國語叫了一聲「公豬」以祝賀彼此的重逢。他們想必是在說「公主」沒錯吧。

然而……

「主人，旅館老闆說晚餐就在旅館裡——」

溫馨的氣氛卻因為娜娜的登場一下子變得殺氣騰騰。

『『『惡魔人偶。』』』

『『『保護公主。』』』

鼠人當中的三人舉起稻草靠墊，剩下的兩人則是抱起蜜雅讓她往馬車內避難。

娜娜見狀拔出護身用的細劍，使用身體強化的理術。她同樣也做出了自己的戰鬥準備。

「確認敵性體。主人，請下達排除許可。」

鼠人所說的惡魔人偶，指的應該就是娜娜和她的姊妹這些魔造人了吧。

她們在「托拉札尤亞的搖籃」事件時是效忠於抓走蜜雅的「不死王」，所以搞不好實際與鼠人之間曾經發生過戰鬥。

好了，再繼續看下去的話大概會真的打起來，所以我決定出面干涉。

「娜娜，禁止戰鬥行動。你們幾個也放下稻草束，這是『命令』。還有，打算掩護蜜雅的那兩人趕快從蜜雅身上退開。蜜雅她現在很難受哦。」

娜娜立刻放下劍尖，但依舊保留著身體強化。

因為不肯聽我的「命令」，鼠人們陷入「違反契約」的狀態痛苦地喘著氣。一旦違反「契約」就會變成這樣嗎？由於沒有戴上隸屬的項圈，所以脖子上應該未被物理性的力量勒住才對，但看起來很痛苦的樣子。

後方的兩人放開蜜雅，「違反契約」的狀態隨即解除。蜜雅匆忙繞到其他三名鼠人面前，展開雙手制止他們。

「放下稻草束。」

蜜雅向飽受痛苦卻仍舉著稻草束的三人訴說道。

「佐藤是同伴。」

『可……可是，後面的惡魔人偶是魔人的部下。』

「娜娜也是同伴。」

原來賽恩被稱為魔人嗎？鼠人一旦換成自己的語言，說話就很流暢。

直接說出我和娜娜的名字，鼠人們大概也不知道誰是誰，但「同伴」這個字眼及蜜雅的態度讓三名前鋒最終放下稻草束，從「違反契約」的痛苦中獲得解放。

『窩是佐藤。這威是，娜娜。』

我用鼠人的語言打算自我介紹，不過發音比想像中要困難。畢竟是適合他們嘴巴構造的語言，換成人族開口就很彆扭了吧。我於是決定放棄，改用希嘉國語交談。

「我正在帶蜜雅返回故鄉哦。娜娜以前是魔人的部下，但現在已經是我們的同伴了。她不會做出危害蜜雅的事情，你們放心吧。」

『那麼，尼是為了護衛蜜雅公主才買下我們的嗎？』

面對他們的問題，我搖搖頭表示否定。我簡單將綁走蜜雅的賽恩已經蒙主寵召、赤盔平安無事，以及聽說鼠人俘虜被當作奴隸的傳聞後，為了讓大家返回故鄉於是出錢買下一事告訴他們。另外，所謂「傳聞」則是靠「詐術」技能編造。

最後大家達成共識，我讓鼠人們攝取充足的飲食並好好休息一晚，明天早上再送他們到國境的山腳下。

我個人雖然打算讓他們再多休養幾天時間，不過鼠人們的健康狀態很不錯，於是就將時間提前了。

能在奴隸的境遇裡支撐下來，想必因為他們是飽經鍛鍊的戰士之故吧。

留下獸娘們和蜜雅負責照料和保護鼠人，我們決定外出籌措所需的物品。

我指派娜娜擔任亞里沙和露露的護衛，讓她們前去採購在聖留市忘記購買的物品和食物。當然，也包括鼠人用的東西。

我自己則是去購買鼠人用的登山用品、蜜雅用的樂器、狩獵用的弓箭、學習卡片用的薄木板，然後是用來做木工及工藝的各類工具。

遺憾的是由於城鎮規模太小，想買的東西就連一半也沒找齊。

畢竟物流系統並不發達，市場需求也少，這也是沒有辦法的吧。

即使如此，我還是成功弄到了樂器、弓箭和木板。樂器是琴弦受損的中古魯特琴、弓箭則是狩獵用的兩把短弓配上二十根青銅鏃的箭而已。

像梯子、調理台、桌子和椅子這類普通用品就很順利地買到了。幾乎全是二手品這一點，與現代日本的消費社會大不相同。

工具類似乎是接單後才生產，所以等逗留在大都市之際再來處理。不過我找到了中古的銼刀、鑿子還有木槌，所以多少應該可以進行一些加工。

學習卡片用的薄木板是請賣家順便裁成卡片大小並加工磨圓四個角。對方一開始表示要三個工作天，但木工工房的師傅說溜嘴：「出三倍工資的話就幫你一個晚上搞定。」所以預計在明天早上之前完成。

我還買了兩頭拉車用的驢子和載貨馬車以便載運鼠人。因為這裡沒有販賣馬匹。從山腳開始再將行李放在驢子背上搬運就行了。

隔天，自聖留市出發後的第三天早晨，吃完價格昂貴卻不怎麼美味的早餐之後，我們離開了凱諾納鎮。

在前往與灰鼠酋長國的國境之前，我們先繞至鼠人同伴們被埋葬的場所。

『波爾艾南之森的蜜薩娜莉雅，拜託希嘉王國的樹木。為保護我勇於面對敵人而犧牲師命的鼠人族勇者們，請賜予他們安詳的長眠。』

蜜雅用精靈語平靜地向墓碑之樹祈願。彷彿在回應她的請求，樹枝在無風的情況下沙沙作響。就像寄宿於樹木裡的精靈回應了蜜雅之言一般。

配合魯特琴的音色，蜜雅唱出精靈語的送葬之歌。

我們在樹底下獻上他們據說喜歡吃的起司塊和肉乾，然後潑灑祭奠死者的酒。

其中一名鼠人從埋藏在墳墓附近的馬鞍包中取出一張紙遞給我。

『這哥，是窩的寶物。給佐藤。答謝。』

『何澤，送出那種沒有用的紙，會讓佐藤閣下很困擾哦？』

那是一張寫有密密麻麻小字的筆記紙。

這份筆記中格外詳盡地記載了關於陶藝的事情。比起裡面的內容，書寫在上面的文字卻更吸引我的目光。

我叫來亞里沙，並在她過來之前詢問何澤。

「不，我就感激地收下了。話說這是從那裡得到的？」

『在山裡遇難的人族給窩的。是個奇怪的傢伙。』

我向何澤道謝，目光再次回到那張紙上。

「找我嗎？」

「嗯嗯，妳看看這個。」

「哦？這是什麼？釉藥的製作法。難道是有關陶藝的筆記嗎？——等等，這是日語？是主人寫的嗎？」

沒錯，這張筆記是用「日語」書寫。就像從文具店或超商販賣的那種劃有行線的高級紙筆記本上撕下來的一樣。

在那之後，我根據進一步從何澤那裡追根究柢而來的情報推測，莉莉歐那位疑似日本人的前男友，很可能就是這個筆記的持有者。

他似乎在造訪聖留市之前遇見了何澤。從中能感覺得到不可思議的緣分。近期內說不定也會遇見他本人吧。

我透過口袋將筆記收納至儲倉裡的「日本人」資料夾。

在原地待了好一陣子後，我們便動身前往國境的山腳。

「亮晶晶～？」

聽見小玉這麼說，我將目光投向山腰處，那裡的確有什麼東西在反射光線。藉由「遠觀」技能看到的是類似長槍槍尖的物體。我很快地在地圖上確認。

「似乎有人來迎接我們了。」

「姆？」

「那是赤盔——米澤和他的同伴們哦。」

從地圖上看到的是赤盔以及三十名左右的鼠人。大概是派出來尋找倖存者的部隊吧。

我讓負責帶領鼠人的澤澤用狼煙和位於半山腰的赤盔取得聯絡。

「公主，還油佐藤。感謝。」

「不用客氣。」

我將鼠人們交給了前來迎接的赤盔。

還是老樣子，明明是老鼠臉，卻頂著充滿男人味的冷酷表情。

赤盔的同伴們使用一種六隻腳的野豬類魔物作為騎獸。由於稱號為「從魔」，大概是從魔物調教而成的吧。

另外還帶了名叫「愚鹿」用於搬運行李的矮胖鹿。這似乎是擅長於在山中馱運的品種。

看來接下來就不需要用到驢子，所以我決定帶到鎮上賣掉。

『丘澤！原來你還活著嗎！』

『是波羅副隊長救了我一命。』

赤盔帶來的人當中似乎有一名倖存的鼠人戰士。應該是我以為連遺體都沒留下的最後那個人吧。

白天透過地圖搜尋時，為何沒能發現呢？

莫非地圖搜尋的對象必須待在我目前所在的統治區域裡嗎？

不，剛才可以看見赤盔他們在領域外的光點，所以預設的搜尋範圍大概就是這麼回事了吧。

「佐藤，尼──」

「啊啊，我會講灰鼠人族語，所以你就不用刻意說希嘉國語了。」

『你真是博學呢。我想送你這個鈴鐺。雖然是由村長代為保管，但這卻是精靈大人所製作的物品。儘管沒有特殊效果，卻可向隱居的精靈族或隱者們證明自己獲得了精靈大人的信賴。得到蜜薩娜莉雅大人信賴的佐藤閣下，已經具備擁有它的資格了。』

這麼貴重的東西讓我推辭了一番，但對方卻表示這不僅僅為了答謝我救他一命，同時也是不訴諸武力從人族手中救出同伴的謝禮。

赤盔他們似乎抱著不惜和希嘉王國發生衝突也要找到同伴的想法，而我們則是在無意中防範了地區紛爭於未然。

幾經爭論之後，我最終還是收下了鈴鐺。其正式名稱似乎為「波爾艾南的靜鈴」。據赤盔所言，這是用世界樹的樹枝製成的物品。

從赤盔手中接過鈴鐺的蜜雅將它掛在我的腰帶上。這個鈴鐺裡未放入球體，所以不會發出聲音。應該就類似一種精靈們所頒發的身分證明吧。

>獲得稱號「鼠人族之友」。

◆

為了賣掉驢子和載貨馬車，我們決定再次返回凱諾納鎮。

由於往返於國境非常耗時，我們抵達凱諾納鎮時已經接近黃昏時分。

路途上我完成了學習卡片並獲得大家的稱讚，除此以外就沒有什麼值得一提的事情了。

拜託亞里沙她們在昨天的旅館預定房間後，我獨自一人前往當初購買驢子和載貨馬車的店家。

所幸順利趕在打烊之前抵達，並以原價格的八折讓對方收購了。

在旅館享用的晚餐就和今天早上一樣不怎麼好吃，但唯獨烤羊肉非常美味。雖然味道有點鹹，不過沒有腥羶味就完全已經是及格的程度了。

我在深夜偷偷溜出旅館，一個人前往紅燈區。

不過由於鎮上的人口不多，紅燈區的規模也很小。只有十間左右的立飲攤販以及兩家酒館而已。

看樣子，這個鎮上應該沒有可以和漂亮大姊姊快活一番的店家。

在立飲攤販周邊尋找客人的流鶯女孩不是太年輕就是太熟女，於是被我忽略了。

兩家酒館當中，我選擇進入客群看來較為單純的那一家。另一家店裡有許多長相怎麼看都不善良的人正在大肆喧囂著。

幸好兩家之間隔著一段距離。

一坐進空著的桌位，立刻就有面孔清純的美乳女服務生前來幫忙點單。不知為什麼，對方點單時的姿勢很不自然，若隱若現的乳溝實在是太棒了。

「這位年輕的商人先生，需要我拿點酒過來嗎？」

「有蜂蜜酒嗎？沒有的話麻煩推薦一下。」

「這裡沒有蜂蜜酒，改喝凱諾納羊奶酒如何？」

這似乎是鎮上的名產。儘管有人說名產沒有一樣好吃的，但挑戰當地的名產也是旅行的樂趣之一。

我點了羊奶酒和一盤羊肉燉豆。女服務生的臉湊得好近。別這樣，金髮已經搔到我的臉頰了。

不久後我點的東西送來，首先啜飲一口羊奶酒——好難喝。那股羶味和酸味比想像中要更難受。喝進嘴裡的瞬間，我便敗給刺激鼻腔的獸味，整個人嗆著了。

以前喝過的馬奶酒，其酸味明明就更溫和一些……

那或許是針對日本人調整過後的口味吧。到頭來，我決定再加點容易入喉的希嘉酒。

至於燉豆則是控制了鹽分，其滋味很順口。滿滿的豆子纏繞著羊肉的脂肪，雖然幾乎沒有肉塊這點讓我感到在意，但以下酒菜來說已經很夠了。

「喂！這一點也不鹹啊！別那麼小氣，多加點鹽啊！」

「吵死了，你這酒鬼！花那點錢居然還想灑一堆鹽啊。」

「吝嗇的老頭。你最好掉進魔女的大鍋裡被煮來吃吧！」

「你說什麼——」

……常客和老闆之間的爭吵聲傳入耳中。

這種調味不是挺高雅的嗎？雖然只要東西好吃就行了。

一個人喝酒太無趣，我於是請當地民眾喝酒並加入他們的閒聊中。

＞獲得稱號「有錢人」。

每次加點東西時，女服務生便會對我做出「不小心碰到了哦」的服務。這家店真是棒極了。說不定主要是我大方拿銅幣而非劣幣當作小費的緣故。

眾人閒聊的內容幾乎是關於凱諾納鎮上的事情，城鎮外的話題頂多就只有星降、大批螞蟻魔物來到城鎮附近，以及隔壁的庫哈諾伯爵領交界處最近經常受到狼群襲擊一事而已。

另外與其說是閒聊，我還聽到了類似寓言的話題。是關於在庫哈諾伯爵領的森林中居住的魔女。據說她會贈送藥品給善良之人，然後把粗暴破壞森林的人抓到大鍋裡去煮。

可以的話，真希望再多增添一些奇幻感。例如住在糖果做成的房子裡之類的。

那麼，既然已經充分享受過，我於是起身準備離開酒館。不知什麼時候在我一旁喝酒的女服務生這時摟住我的手臂，將我拉往酒館的二樓。

周遭的酒客們吹著口哨起鬨，我這才發現酒館還兼營愛情賓館。酒館的女服務生身兼妓女一職，像這種風俗也存在於過去的地球上。

……收了我許多小費的女服務生，實在是使出了渾身解數幫我服務。

隔天早上，我在她心滿意足睡著的枕邊放下銀幣。這是為了答謝充實的一晚。

換好衣服之後，我請前來酒館做生意的咒術士用魔法幫忙洗淨全身。這樣一來，香水和女性的體味等諸多痕跡應該會消失才對。

明明就這麼小心，但我回到旅館後卻受到了彷彿外遇丈夫般的待遇。

生氣的人只有蜜雅和亞里沙，波奇和小玉不懂其中的意味，而莉薩和娜娜則似乎不認為有什麼問題。露露的表情雖然複雜，但並未流露生氣或悲傷的情緒。

「骯髒。」

「真是的！明明有這麼多女孩子，為什麼還那麼喜歡偷吃呢！」

什麼偷吃？對被保護者下手，在倫理上才是很糟糕。

所以對於我偶爾在外發洩，希望妳們就睜一隻眼閉一隻眼吧。

自聖留市出發的第四天早晨，就在這番可愛的修羅場中開始了。

為了順便轉換心情，我們在出發之前稍微逛逛晨市。

雖然沒有什麼令人耳目一新的東西，但可以買到諸多食材也算是收穫吧。由於在肉舖購買了半隻羊，今天晚餐吃蒙古烤肉的話似乎很不錯。

跟著早早逛完晨市後回家的村民，我們穿過了凱諾納的鎮門口。

從位於高地的鎮門口通往街道的下坡路段，或許是直接挖穿丘陵中央建造所致，兩旁的地勢相當高，直到與街道匯合之前視野都非常不良。由於沒有交通號誌，似乎曾經發生過碰撞事故。

我們前方拉著推車的一對農民夫婦在下坡時大概是無法煞車降速，直接衝進了與街道交匯的路口處。眼看要撞上的馬兒立刻用後腿撐起身體緊急煞車。

「你們這些愚民！把路給我讓開！」

推車擋住騎馬男性的去路，農民夫婦被對方難聽地痛罵著。拉著推車的農民丈夫大概是被馬踢中，整個人蹲在地面。一旁看似妻子的女性則用下跪姿勢不斷向馬上的男性賠罪。

門衛從我們後方過來查看發生了什麼事。

男性見狀便調轉馬頭以避開推車。這時我無意中和男性對上目光。這個瞬間，對方眼中呈現憎恨的扭曲。

——奇怪，我並不記得自己被什麼人盯上，況且根本就不認識這個男人才對。

不過這僅是剎那間的事情，男性在門衛抵達之前就這樣離開街道了。

「主人，剛才不就是那個男人嗎？」

「是誰？」

莉薩似乎有印象的樣子。

「當初在聖留市想要私吞羽蟻魔核的官吏。」

「啊啊，那個小痞子啊。」

打算搶奪莉薩她們戰果的領軍主計課男子。

名字雖然不記得，但做壞事時的小人得志感卻讓我印象深刻，於是「小痞子」這個字眼好像就記憶在我腦中了。

透過地圖確認男性後，其所屬已經變成「無」。

莫非他盜領的事情曝光，被人踢出領軍了嗎？

由於沒有多大的興趣，我便在腦中甩開小痞子的那張臉，讓馬車繼續前進。

農民丈夫被馬踢中時好像受了傷，其狀態為「骨折」。選擇詳細內容後得知是「骨折：鎖骨」。由於體力計量表已經停止減少，似乎沒有造成持續性的傷害。

門衛偵訊完畢後便返回城鎮大門。好像是當作車禍事故處理，不會去追趕傷了人的另外一方。

讓丈夫坐上推車後，妻子用那纖細的手臂就要拉車離去，我於是拿出在聖留市購買的下級體力回復藥送給他們。

儘管夫婦兩人都表示婉拒，我仍強行讓對方服下以回復傷勢。若單純骨折，似乎用下級體力回復藥就可痊癒了。大方地接受了夫婦兩人俯身低頭的道歉後，我們便離開了現場。

讓馬車奔馳了一段時間後，亞里沙向我提出忠告：

「像這樣把魔法藥分給陌生的人，根本就沒完沒了哦？」

「不用擔心。我只是想知道下級體力回復藥能不能治好骨折。」

沒錯，幫助他們只是順便而已。可不是因為妻子賣力的身影打動了我的心。

「姑且就當作是這麼回事吧。」

亞里沙頂著一副「什麼事情都瞞不過我哦」的表情聳聳肩膀。

——都說了，只是順便而已啦。

因為我有件事情想要確認一下，於是便換成莉薩駕駛馬車。

穿過了駕駛台後方在蜜雅的魯特琴伴奏下進行動畫歌曲合唱的眾人中間，我坐在載貨車台的最後方仰望著天空。這裡是像我在製作咒語時需要思考之際的固定座位。

我打開地圖開始進行確認作業。

試著確認了一下，剛才那個小痞子的賞罰欄並未被刻上「肇事逃逸」的罪狀。

我轉而搜尋地圖以調查賞罰的種類。好像只有「竊盜」、「傷害」、「殺人」、「強姦」、「縱火」、「叛亂」這六種而已。

奇怪？先不說剛才的事故，我當初在聖留市毆打惡徒使其失去戰鬥能力時可沒有被冠上

「傷害」罪哦。

「怎麼了？一臉凝重的樣子。」

亞里沙不知不覺中來到我身邊，憂心忡忡地望著我。

「嗯嗯，我只是在思考關於大和石的賞罰欄。」

「既然這樣，就儘管問我亞里沙吧！我非常清楚哦～」

亞里沙挺起那單薄的胸膛擺出奇怪的架勢。別這樣，波奇和小玉她們會亂模仿。

「首先，賞罰一共分為七種。」

「不是六種嗎？」

「不是哦。像竊盜、傷害、殺人、強姦、縱火、叛亂這六種是一般的，另外還有一種叫『背信』哦。」

——背信？我腦中閃過墮落的神職者口沫橫飛地叫喚：「你這不信神的傢伙！」的畫面。

「因為只要不是違背當初受洗之神的教義，背叛或是詆毀那位神，就不算是『背信』了。所以至今從來就沒看過呢。」

這麼說，只要未接受「神的洗禮」就不會導致「背信」了？

我向亞里沙請教這個疑問。

「那還用說嗎。在未經契約的情況下要視為違反規定也太強人所難了哦。一旦接受洗禮就能獲得神的祝福，所以大部分人似乎都是在可以離家幫傭的七歲左右到成人這段期間受洗。」

原來如此。因為這個世界的神實際存在於你我身邊，所以才會有現世利益吧。

「況且要是發生流行病，接受洗禮的信徒將獲得優先治療，所以未受洗的人頂多就只有無力捐獻的窮人，或是王族和領主的直系呢。」

「前者倒是可以理解，後者又是為什麼？」

既然是王權神授真正存在的世界，為政者就應該率先接受洗禮才對。

「因為國王或領主在繼承地位的時候必須和都市核締結契約才行。一旦受洗就無法繼承了哦。像都市的太守這類從事城鎮守護職務的人，由於只是受國王或領主委任，擁有代理使用都市核的權力，所以就算受洗也無所謂。」

「等一下，亞里沙。一口氣說那麼多我無法消化啊。」

我制止了氣勢洶洶說個不停的亞里沙。

「都市核是什麼？類似迷宮核的東西嗎？」

「是啊。抱歉，這些話拜託不要傳出去哦。都市核就位於城堡的地下，不過這個祕密只有王族或領主的直系，而且是下一任的繼承人才會知道。我當初是潛入王太子哥哥的課堂上才聽到的，要是一個弄不好就會被滅口，千萬要小心哦。」

亞里沙伸出舌頭對我眨起眼睛。毫不理會一臉期待著我吐槽的亞里沙，我再繼續請教下去：

「知道了，我不會說出去。再多告訴我一些都市核的詳情吧。」

「ＯＫ——剛才說過那是領主或國王締結契約的東西對吧？一旦締結了契約，就可以操控位於都市地下的源泉之力了。」

都市的地下也有源泉嗎？說到這個，娜迪小姐在談論治療蜜雅的事情時，曾說過聖留市的城堡深處存在源泉呢。

「就是可以使用儀式魔法，保護都市不受魔物攻擊或讓周邊的土地變得豐饒哦。還有因為範圍太廣，所以容易被誤認為效果太爛，但其實儀式魔法能夠調整領地整體的氣候，舒緩水源不足的問題並提高生產水準。要是將範圍縮小在城內，似乎還可以抵擋好幾次中級或上級魔族的攻擊哦。」

好像是非常厲害的東西。

「亞里沙，既然都市核這麼重要，都市或城鎮豈不是就只能存在於源泉旁邊了嗎？」

「就是這麼回事呢。足夠用來建造都市或城鎮的源泉應該並不多哦。大部分幾乎都是被稱為『精靈堆』或『魔物堆』的小型源泉呢。」

亞里沙所說的精靈堆，似乎是受豐沛魔力影響而棲息有罕見動植物的場所。據說還會盛開季節之外的花朵等等。

魔物堆的話正如其名，是魔物定居的地方。配合托拉札尤亞的資料參考研究後，真相似乎是普通生物吸入魔物堆的瘴氣才會變成魔物。

收回離題的思考，我請亞里沙繼續說下去。

「更何況沒聽說過乎魯帝國時代以後還有新的都市核被製造出來，所以就特別被保密起來了。」

「這樣豈不是會經常爆發侵略戰爭？」

「是沒錯，但戰爭規模太大就會導致魔族介入或吸引龍的好奇心，所以幾乎都是小規模衝突罷了。」

原來如此，魔族和龍的存在成了抑制人類間發生大戰的力量嗎？

我為自己的離題向亞里沙道歉，然後請她回到都市核的話題上。

「這個嘛——其他應該還有『敘爵』、『褒賞』、『判罪』、『免罪』之類的功能。敘爵是任命騎士或提拔為貴族。褒賞是授予勳章。在統治領域內似乎有『支援效果』哦。反之，賞罰刻有罪行的人好像就具有『阻礙效果』。」

進一步詢問會有什麼程度的效果，她卻沒有回答。亞里沙似乎也不清楚的樣子。

「判罪是懲罰罪犯嗎？」

「怎麼可能。罪犯要在物理上被砍頭才算結束哦。只要針對檢舉罪犯的調查報告進行『判罪』，倘若被檢舉之人真的犯了罪，賞罰就會刻上罪行。」

哦哦，這種和冤獄無緣的系統真是太棒了。

「不過啊，由於可以用『免罪』消除罪行，所以領主或是國王都會用來消除他們認為不利於自己的罪行哦。」

因為這樣，為政者的公平和嚴格與否就很重要了——亞里沙這麼說道。

原本的「免罪」，好像是消除出兵打仗的士兵或騎士的「殺人」罪之用。

「對了，亞里沙。我在聖留市打人時為何沒有被刻上『傷害』罪呢？」

「只要不造成裂傷或骨折之類的重傷就不算『傷害』了哦。畢竟在酒館裡吵架或互毆可說是家常便飯呢。像發生剛才那種事故時，好像是根據雙方當事人的認知來決定是否進行賞罰哦。」

原來如此，剛才那對農民夫婦認為錯在自己，所以對方的賞罰就沒有刻上「傷害」罪行了嗎？

對了，我在協助賽恩自殺的時候也未被刻上「殺人」罪，大概是因為賽恩自己並不認為我在「殺人」吧？

仔細想想，自己分明就殺了人，至今卻仍沒有什麼真實感。說不定是因為那惡靈般的外表，使我感覺自己只是讓對方升天成佛罷了。

是這個原因？還是由於精神力的能力值太高？或者是遊戲性質上的修正？舉棋不定地煩惱並非我的嗜好，所以姑且先當作這麼回事了。

啊，我好像還殺了龍和蜥蜴人吧……為什麼不會被冠上「殺人」罪呢？難道正當防衛就不算犯罪了？

「亞里沙，會有殺人之後賞罰卻未記載的狀況嗎？」

「當然有哦。例如像毒殺這類的暗殺，在不暴露身分的情況下殺人時。還有就是正當防衛或是在經雙方同意的決鬥中殺人時也是。」

嗯，用流星雨打倒龍群以及和蜥蜴人之間的決鬥應該算此類吧。

先不去討論搶先攻擊我的蜥蜴人，總覺得很對不起那些因不可抗力而被我殺死的龍群。我叫出儲倉內的「墓地」資料夾，再一次為死者祈福。待遊歷希嘉王國一周後回到聖留市之際，我下定決心要在龍之谷建一處真正的墓地。

不清楚我心理的這番想法，亞里沙彷彿想起什麼一般補充道：

「啊，國王或領主在自己的領地上殺人也不算犯罪哦。」

這又是很扯的一件事。既然有那種特權，今後大概還會繼續出現像被賽恩滅亡的候爵那樣，在自己領地上自以為神的無能領主吧。

這個時候，我被淹沒在新資訊當中，忘記詢問「接受神的洗禮後就無法與都市核締結契約」的理由。而得知這個理由，已經是滿久以後的事情了。

◆

或許是遭遇了那樣的事故，我在午休時便打算進行一直延後的鍊金術實習。

要是可以自行製作魔法藥，應該就能更隨意地分送給他人了吧。

不予理會快樂地玩著學習卡片的眾人，我擺出了鍊金術的道具。

「順風耳」技能收捕捉到亞里沙用傻眼般語氣喃喃道：「這次換鍊成？也太多才多藝了吧。」

忽略這番喃喃自語，我端坐在防水墊的一角，看著從老諾姆那裡買來的書籍一邊進行鍊金術的準備工作。其中有很多看似理科實驗用具的器具。

教科書我收在儲倉裡，直接用主選單的閱讀功能翻頁。這種狀態下不需用手按住書頁，所以相當方便。

我看了《鍊金術的初步》這本書。這是老諾姆叮嚀我要先閱讀的書籍。與其說是書籍，應該稱為小冊子比較恰當吧？是一本薄薄二十頁左右的書。

這本書從道具的解說開始切入，而且配有圖解，周詳的顧慮使得就算第一次操作也不會弄錯道具。真不愧是老爺爺百般叮嚀要先閱讀。

我首先取出藥缽和藥杵。這並非常見的白色陶瓷製品，而是淡粉紅色的藥缽。鑑定之後發現是瑪瑙製成。我記得瑪瑙不是一種寶石嗎？

照著書上解說，我從寫有「試藥一」的袋子裡取出乾燥後的藥草放入藥缽用力地搗碎。接著在小缽裡加水，用細長的金屬攪拌棒慢慢溶解搗碎的藥草。

開始之後的五分鐘，調配作業完畢。由於是入門書最初的章節，所以非常簡單。

＞獲得技能「調配」。

我立刻將「調配」技能分配點數至最大值並啟用。

完成的溶液叫「解熱藥」。我試著鑑定，出現名稱為「解熱藥（品質：最低）」，內容則是「具有解熱作用的藥水。效果極低，僅有安慰劑的程度」。畢竟是第一次調配，品質太差也是沒有辦法。

鑑定時我發現一件事，物品的備註欄裡似乎會註明製作者的名字。鑑定莉薩的長槍後顯示為「製作者：莉薩」。AR顯示中並不會出現製作者資訊，但在我調整主選單的設定後就可以顯示了。看來預設值似乎是關閉。

幸好在我製作危險的藥品或道具之前發現了這點。下次製作道具時就先把姓名欄清空好了。

入門書的下一頁寫著「有鍊成板者進入第二章，無鍊成板者請跳至第四章」。這種寫法與其說是商業軟體的入門書，我倒覺得更像是往年的遊戲攻略書。

第二章是鍊成的初步。好像要實際製作魔法藥。

根據教科書的解說，調配製成的普通藥品和鍊成的魔法藥儘管效果相同，卻會被視為不同的東西。

儘管魔法藥在製作時需要被一種名為「祕藥」的魔力觸媒或魔力，相對地其優點便是可以立刻發揮藥效。

我按照入門書的指示進行魔法藥的鍊成作業。

首先是準備鍊成板。或許是由黑檀木製成，這是一塊有黑色木紋的大板子。表面刻畫許多魔術性質的淺溝。我在板子上的六個記號處豎起隨附的金屬棒。細長的金屬棒也施加了和鍊成板一樣設計精巧的雕刻。

設置完畢後，我將雙手放在鍊成板的手掌記號上，說出啟動的口號。僅僅用希嘉國語的詞彙說出「鍊成板啟動」，魔力便從我的雙手被吸走，鍊成板的淺溝散發出淡淡的光芒。實在非常漂亮。

鍊成板似乎要用手指沿著這個淺溝滑行來進行功能設定。某種層面來說，其架構就類似平板電腦的觸控面板。

我按照教科書指示設定鍊成板，在六根金屬棒的正中央處擺放金屬製的燒杯。

然後將剛才製作的藥水倒入其中。據說這個將會成為魔法藥的主藥。

接著將已經調配好的祕藥——「試藥二」一點一點地混入其中並同時攪拌。這個「試藥二」在沉澱之前必須注入魔力才行。

我將手放在鍊成板上，開始鍊成魔法藥。

六根金屬棒發出鮮紅光輝，燒杯中的「試藥二」粉末散發著閃閃的亮光。這並非反射，而是粉末本身在發光。這個光輝一旦消失後就算完成了。

＞獲得技能「鍊成」。

當然，我也事先將「鍊成」技能取得至最大值。

完成的魔法藥為「解熱魔法藥（品質：最低）」。丟棄的話太浪費，我於是將燒杯裡的液體直接收進儲倉。

好，接下來是重頭戲了。

用於體力回復藥的祕藥一共有三包，我按照教科書的流程逐一展開鍊成。儘管動作已經熟練，我仍靠著「調配」和「鍊成」技能完成了高品質的體力回復藥。

提昇技能等級後再次進行調配與鍊成時，我獲得了「藥師」和「鍊金術士」的稱號。

根據教科書所述，魔法藥若不裝入專用的小瓶子保管就會喪失魔力並劣化。

小瓶子上以專用墨水繪有簡單的魔法陣。這個魔法陣的效果似乎會讓藥中的魔力不至於擴散。

因為我身懷鑑定和ＡＲ顯示所以並不放在心上，但普通人似乎都是根據小瓶子上繪製的魔法陣來辨別種類。

儘管教科書上沒寫，不過按照托拉札尤亞先生的資料所示，增加材料後一次最多可以同時製作出五瓶。

其中還有製作魔法藥時除了需要瓶數的兩倍魔力，品質還會若干下降的註釋，這點教科書裡大概也沒記載吧。

我更進一步製作精力回復藥還有鎮痛類的魔法藥。

在收拾鍊成板的同時，我一邊思考著下個想製作的魔法藥種類。

還是選擇解毒藥或麻痺解除藥好了。

由於每種毒性都有其對應的解毒藥存在，所以入門套件當中並未包含已經合成完畢的祕藥。使用龍白石的萬能版解毒藥好像很方便，但還缺了好幾樣材料，目前似乎不可能立即做出來。

麻痺解除藥也有許多對應各種麻痺的版本，和解毒藥一樣種類豐富。

祕藥的主成分是魔核與穩定劑。魔核我有一大堆，也有少量的「穩定劑」，要繼續製作藥品的話隨時都能辦到，但無論如何我都希望製作更多不同的種類。

抵達下個城鎮時再試著搜購各種調配魔法藥所需的素材吧。

馬車載著成果超乎預期而喜形於色的我出發了。

由於放著大家不管也不太好，我在前往露營地的路途上便不再研究魔法，而是和大家玩在一起。

動畫歌曲的合唱對我這個音痴來說實在很痛苦，所以我便提議改玩旅行時的經典遊戲「詞語接龍」。

交由喜歡解說的亞里沙說明「詞語接龍」的規則後，大家便開始玩了。

明明是自己提議的，這個遊戲對我而言實在門檻很高。我忘記了翻譯為日語的單字與實際的希嘉國語單字發音不同的事實。

歷經接連的慘敗後，終於抓到訣竅的我總算是保住了一絲顏面。

儘管是意想不到的失敗，但不僅年少組，就連在年長組之中也大受好評，看來大概會成為今後旅途上的必玩遊戲吧。

載著置身於這種歡樂氣氛裡的眾人，馬車穿越丘陵地帶抵達了位於領境群山之前的露營預定地。

◆

「真是困難呢。」

望著大幅偏移靶子的箭矢，我這麼嘀咕道。

完成露營的準備後，我們請蜜雅指導在凱諾納鎮購買的短弓要如何射擊。

見到我在射箭，不僅是獸娘們，連亞里沙和娜娜都表示想嘗試，最後甚至把露露也拉進來一起練習了。

不過，射箭卻比想像中困難許多。

畢竟第一箭不僅沒有筆直飛出，還是直接掉落在腳邊的糗樣。

「看我。」

蜜雅進行示範性質的試射。與弓道不同，是將弓水平舉起的射擊方式。

眾人也都依序試射，但程度都和我差不多。

表現意外出色的是亞里沙，她向我自豪前世曾參加過一個星期的弓道社。

娜娜並未發生弓弦打到胸部的意外狀況，不過被打到手的波奇卻是整隻手都變得紅腫，於是請蜜雅用水魔法治療一番。

到頭來，能運用弓箭至實用程度的人就只有蜜雅，其他像亞里沙和小玉頂多能讓箭矢向前飛行而已。命中率太低，但應該可以用來牽制敵人吧。

小玉換成投石的話無論威力或命中率都很高，亞里沙則是具備可以無詠唱施展的精神魔法，所以使用弓箭的大概只有蜜雅一人了。

我也打算在隨便找個獵物以獲得「弓」技能之前，都不再出手射箭了。

練習結束後，為了撿拾飛到遠處的箭矢，我帶著波奇和小玉撥開作為靶子的樹木後方草叢進入其中。

箭矢的位置已經事先在地圖上標記，所以我們就等於在輕鬆散步一樣。

我在移動途中發現了用於魔法藥的藥草，於是便事先採下。

「藥草～？」

「是啊，這個叫紅褐籠紋草，可以製作回復魔力的藥品。」

見小玉很感興趣地望著我的手邊，我便解釋了一下這種藥草。

「小玉也要採～」

「波奇也要採喲！」

「那麼，大家一起邊採邊走回去吧。」

回收完箭矢，我們三人採下藥草後返回。不知是「採集」技能的差異或只是眼力比較好，小玉採到的藥草數量是最多的。

回到露營地，莉薩便前來詢問我要拿什麼作為主菜。

和小玉一起獵殺的鹿肉所剩不多，於是我決定先使用在凱諾納鎮購買的羊肉。

透過萬納背包，我從儲倉裡取出羊肉交給莉薩。

由於收納在狀態不會變化的儲倉裡，肉還是呈現剛解體的顏色。

太過新鮮的肉讓莉薩感到些許納悶，但或許是當成了萬納背包的功能之一，她直接拿到調理台切下今天要用的分量後將剩下的還給我。

因為有年少組的大顯身手，調理以外的準備工作早早便結束了。為了不妨礙到被飢腸轆轆的女孩們投以熱烈目光的莉薩她們，我叫年少組在晚餐做好之前先去玩學習卡片。

空等著晚餐煮好也不太妥當，我便決定挑戰一下製作魔法道具。

在聖留市購買的《魔法道具的基礎》一書已經被我看得滾瓜爛熟。

魔法道具要大略解釋的話，就是以無詠唱咒語的方式重現特定魔法效果的裝置。好像是藉由在魔法道具裡嵌入「魔導迴路」這種圖樣以取代咒語的作用。

簡單的迴路不需要多好的設備就能製作，但製作複雜的迴路則需要專門的工房。用「小燈泡、導線和電池構成的電路」與「採用半導體的電子迴路」之間的差異來比喻或許比較好懂。

建構魔導迴路時只要用迴路液按照特定圖樣描繪即可。順帶一提，迴路液在某些書中好像被稱為魔液。

依目的的不同，需要使用不同魔力阻抗的迴路液，但我一開始採用最正統的方式進行。

首先，我在凱諾納鎮上買來的厚木板上用墨水畫出圓形。

接著以短劍在圓形上雕出淺溝。

之後，只要將迴路液倒入其中便完成了。

這次我製作的迴路液是在融化的銅裡加入魔核粉與穩定劑的混合物，屬於最簡單的一種。

穩定劑和用於鍊成的是同一種類，所以我在出發前就連同驅魔物粉一併購買了。價格出奇地便宜。畢竟魔法藥好像也要用到，抵達下個城鎮後再多買一些吧。

首先，我在坩堝放入銅予以融解。

這時我用的是一種類似酒精燈的魔法道具。

按下按鈕後會吸取使用者的魔力，像噴燈一般噴出高溫的火焰。

不用燃料就能夠燃燒這點，真不愧是魔法道具。

另外，坩堝和噴燈是我在「搖籃」的戰利品中找到的。恐怕是托拉札尤亞先生或賽恩曾經使用過的東西吧。

V獲得技能「鏤金」。

光是融解金屬就滿足條件了嗎？

坩堝中融解的銅，我對此投入魔核粉與穩定劑的混合物。輕輕「砰」了一聲後，小小的紅煙隨之冒出。聞起來並沒有什麼味道。

接著我把迴路液慢慢注入木板的淺溝中。滾燙的迴路液將木板燒焦的氣味和黑煙一併竄起。

應該先稍微冷卻一下比較好吧。

＞獲得技能「製作魔法道具」。

完成的同時便獲得了技能，我於是連同剛才的「鏤金」一起分配技能點數至最大值並開啟。

那麼，之後就是操作驗證階段，但我卻不知道該怎麼做。《魔法道具的基礎》中寫著「完成後就試著注入魔力看看吧」。

大概這對作者來說太過理所當然，所以就忘記寫細節了。

「你在製造什麼？」

或許是看我作業好像告一段落，從剛才便拋開學習卡片興致勃勃地觀看全程的亞里沙這麼詢問我。

「魔法道具一號。」

「咦？是可以自行製作的物品嗎？」

「好像是，要試試看嗎？」

「可以嗎？」

亞里沙欣喜的表情讓我萌生了罪惡感。

「妳注入魔力看看。」

「ＯＫ——使用魔法道具時好像是『自右手向左手注入魔力』對吧？」

感謝妳的解說台詞。這樣一來似乎可以偷偷嘗試錯誤了。

「那麼，要開始了哦！」

亞里沙注入魔力後，紅銅色的魔導迴路便泛現朱金色。

「好，已經夠了。」

「然後，會變成怎麼樣？」

「注入魔力後，魔力會在魔導迴路內流動。」

「嗯，嗯，接著呢？」

「就這樣而已哦。一直循環到魔力耗盡為止。」

「咦～～」

「才第一次製作的魔法道具，妳可別抱著太大的期望。」

「嗚嗚，虧人家那麼期待！」

亞里沙似乎非常不滿。

畢竟只畫了一個圓圈的魔導迴路根本就不可能帶有什麼複雜的功能。

喪失興趣的亞里沙重新打開剛才閱讀的魔法書。

我則是等待亞里沙注入的魔力消耗殆盡，魔法迴路恢復原來的顏色。

好，那麼我也注入魔力試試吧。從亞里沙的魔力計量表減少的程度看來，似乎只要一點點就可以了。

我想像著魔力自右手流入左手，注入魔導迴路內。

下一刻，魔導迴路伴隨著紅色的閃光彈飛了。

我倉促攤開折疊在一旁的外套，接下了木片及迴路的碎片。

「敵襲～？」

「不好了喲！」

突如其來的爆炸聲讓小玉和波奇飛奔而來。莉薩等人也在觀察這邊的情況。

「啊啊，沒什麼。抱歉嚇到妳們了。」

我向大家說聲抱歉，然後繼續回到實驗上。

確認紀錄後，剛才發生騷動之際似乎獲得了許多的技能和稱號。

＞獲得技能「魔力操作」。
＞獲得技能「過剩供給」。
＞獲得稱號「魔法道具設計士」。
＞獲得稱號「魔法道具技師」。
＞獲得稱號「破壞狂」。

看起來挺有用處，我便立刻分配了技能點數。

這個「過剩供給」技能很適合破壞活動之用，所以我在分配完點數後切換至關閉狀態。以後大概可以用來破壞危險的魔法裝置。

我再次製作同樣的迴路並嘗試注入魔力。有「魔力操作」技能所以應該沒問題，但我還是離亞里沙遠一點以免碎片飛出造成危險。

這一次就順利地供給了魔力。或許因為是在高技能狀態下製作而成的迴路，魔力持續流動了亞里沙當時十倍以上的時間。

這個要是運用得當，好像可以做出儲備魔力的電池或電容器之類的物品。

直到就寢為止的這段時間，我依序製作了《魔法道具的基礎》內所記載的練習用迴路。

其結果讓我發現，魔導迴路的架構和功能與電路之間存在許多共通點。處處可以見到只是將魔力和電力互換之後的東西。

話雖如此，由於迴路具備了物理上明顯不可能辦到的功能，所以好像也不是可以完全互換的物品。

儘管有好幾個想嘗試製作的迴路，但不是缺乏工具就是少材料。工具在「搖籃」或「龍之谷」的戰利品當中可能會有，不過要尋找合適材料的話太過累人，於是就放棄了。

到了城鎮的時候再來收購吧。由於太多東西想在城鎮裡購買，我在主選單交流欄的記事本裡製作了一份排列好優先順序的清單以避免忘記。

心滿意足地享用完使用大量羊肉的晚餐後，我正在品嚐餐後茶。

看似一直心事重重的莉薩，彷彿下定決心來到我的面前。

「主人，為了避免身手退步，我想跟波奇和小玉進行訓練，請問方便嗎？」

原本還在緊張她想說些什麼，既然是這點小小要求我便爽快同意了。

當然，用真劍的話太危險，我於是砍倒附近的樹木製作了簡易的木製短劍和比照長槍的雙手棍。

「主人，下次我也想參加——這麼懇求道。」

「嗯嗯，好啊。」

見獸娘們開心訓練的模樣，娜娜提出了這個要求，所以我幫她製作了木製細劍。

「訓練中不能使用理術的『魔法箭』。」

「登記為禁止事項。主人的指令已經受理——這麼報告道。」

娜娜面無表情地點了點頭。

獸娘們的等級為十三，娜娜卻只有一半左右的七級，所以我允許她使用理術進行「身體強化」。這樣的有利條件應該剛好能彌補差距吧。

我讓她們進行一對一的個人戰以及二對二的團體戰。

由於我要擔任評審以及關注有沒有人快受傷，所以並沒有參加訓練。

莉薩的實力果然是最突出的，之後的排名則是小玉、波奇和娜娜。

小玉很會閃避，所以擅於持續躲避對手攻擊直到時間結束以平手收場。

波奇在攻擊方面和莉薩一樣優秀，但只顧著攻擊卻疏於防禦或閃避，所以被莉薩抓住空檔擊敗了。

娜娜很遺憾地慘敗。倘若使用「魔法箭」說不定會以些微之差獲勝，但這次似乎在等級差距和氣勢上敗給了獸娘們。

不過她的防禦在這四人當中是最好的，等級一旦提昇，應該能夠成為優秀的盾戰士才對。

訓練完畢的四人擦拭汗水的期間，我喝了請露露重新加熱過的湯，然後便讓大家去睡覺了。

在我和亞里沙第一班守夜的時候有吸血蝙蝠來襲。名字聽來像魔物，但吸血蝙蝠也只是會吸血的普通蝙蝠罷了。

我在外套底下從儲倉取出魔法槍，擊中吸血蝙蝠的翅膀使其墜落。

然後以短弓搭箭，走向在地面驚慌掙扎的蝙蝠，以箭矢緊貼在其翅膀的狀態之下射出，藉此獲得了「弓」技能。

由於我沒有虐待動物的嗜好，獲得技能後便拿小刀砍下腦袋讓牠立刻斃命。

隔天，自聖留市出發後的第五天早晨，我的眼前出現了一大堆被解體後準備好要下鍋的吸血蝙蝠。

昨晚透過地圖調查的結果，吸血蝙蝠的巢穴距離應該還很遠，但一直到早上為止好像遭遇了數不清的襲擊。

端上桌的早餐是香噴噴的吸血蝙蝠姿燒（註：保留食材原本的姿態直接烤熟），但我怎麼也動不了手，所以只假裝品嚐一下味道後就讓給其他人了。

亞里沙和露露她們的感想似乎也和我一樣，姿燒最後都進了獸娘們的肚子。看著這三人津津有味地連骨頭也一併咬碎，搞不好真的是出奇美味的食物。

既然是難得的異世界之旅，下次就努力挑戰看看好了。

載著我的這番決心，馬車穿越聖留伯爵領進入了庫哈諾伯爵領。

魔物來襲

「我是佐藤。回家鄉時曾經看到『小心有熊』之類的牌子，所幸並沒有遭遇過。倘若是開車還另當別論，隻身徒步的話就絕對不想碰到了呢。」

「主人，雲的動向有點詭異。說不定在我們翻山越嶺的時候會下雨。」

越過山中的領境之際，駕駛台上的露露這麼向我報告。

的確，不知什麼時候開始冒出顏色較深的雲層了。雖然就快到午餐時間，但今天大概要在馬車內吃飯了。

我穿上從萬納背包取出的防水外套。儘管馬車裡不會被淋濕，我還是將雨具交給大家並吩咐她們穿好。

「露露，換我接手吧。」

「是的，道路比較狹窄，請儘量靠山的一邊行駛。」

「了解。」

我從露露那裡交接了馭手的工作。

進山之後街道的寬度變窄，勉強僅能容納一台馬車通過。值得慶幸的是，或許是考慮到馬車會通行，街道的坡度較為平緩。但路線也因此彎彎曲曲，前方能見度很差。

相隔兩座山前方的山中街道上，可以見到一輛四匹馬拉行的馬車伴隨刺耳的聲響向前急馳。儘管如此，其速度卻比速可達還要慢。莫非發生什麼事了嗎？

我從主選單的魔法欄當中選擇「探索全地圖」以取得庫哈諾伯爵領的資訊。

跟隨馬車的馬上騎士有三人——最初以為是盜賊，不過似乎是護衛的樣子。襲擊馬車的則是從這個角度無法看見蹤影的將近三十個光點。我選擇其中一個，得知牠們竟是狼群。

乍隱乍現的騎馬護衛好像正在馬上使用短弓牽制著狼群。

護衛隊長的等級與莉薩相同。其他兩人分別有六七級，可以說具備普通士兵的強度了。

野狼的等級從三到五不等，只要不被追上、遭受包圍的話應該沒有問題。

再這樣下去，我們未來將會和逃命的馬車正面對撞，於是我調查地圖以尋找可以讓馬車躲避的場所。

再過去的山頂上有個廣場，那裡有看似避難兼休息所的山中小屋，就讓馬車趕到那裡好了。

「狗～？」

道。

「有好多喲！」

套上雨具後來到駕駛台的小玉和波奇，發現樹林間隱約可見的狼群後用手指著這麼說

「那個是狼哦。好像在追趕馬車的樣子。」

我糾正兩人的錯誤，然後向換上雨具後集合於駕駛台後方的眾人報告狀況。

「有馬車被追？這……這一定是解救公主或貴族的旗標了！」

亞里沙用欣喜的聲音大叫：「經典橋段來啦——！」我則是對此責備道：「妳太不正經了。」更何況，救出公主或貴族的任務我都已經攻略完畢了。

命運之神聽到這番俏皮話後或許故意要和我們作對，一隻馬車般大小的巨大野狼襲向了騎馬的護衛。大概是我們剛才心不在焉的緣故，牠看起來就像瞬間移動至騎馬護衛的面前突然出現一樣。

騎馬隊長抵擋著巨狼的攻擊，但卻因為接著出現的其他三隻巨狼而無法避開攻擊，最後喪命了。剩下的兩名騎士見狀便棄弓開始逃走。很聰明的判斷。

儘管想要掩護他們，不過這樣的距離，短弓無法到達。魔法槍的射程也和短弓差不多，所以無能為力。

——不過，投石或標槍的話應該可以。

我停下馬車，用投石攻擊其中一隻巨狼。突破空氣阻力和重力加速度的束縛，次音速的石頭粉碎了巨狼的頭部。

我接著準備第二發，但和出現時一樣，巨狼當場消失無蹤。從光點的動態判斷，牠們應該去追擊馬車了。

我透過地圖確認巨狼的詳細資料。是名為「噴射狼」的十五級以上魔物，擁有「噴射」和「支配眷屬」的特殊技能。

……和之前小玉抓到的小野狼是同種族嗎。

「我們在過去的那個廣場上迎擊狼群。全體做好戰鬥準備。」

聽了我的話，所有人回答了解。就連馬兒也猛然呼出一口氣，精神抖擻地回應。

「基要加油喲！」

「達利也要加油～？」

波奇和小玉這麼鼓勵馬兒，然後前去裝備小盾和短劍。基是右邊的馬，達利則是左邊的馬。至於名字都是取自右和左的諧音（註：日文當中的「右」唸音為Migi，「左」唸音為Hidali），這點應該不用說明了吧。

「露露，麻煩妳來駕車。我要到前面的廣場去。」

確認露露從我手中接過韁繩後急忙坐進駕駛台裡，我便獨自一人在街道上狂奔。當然，全力奔跑的話會在街道留下坑坑洞洞，所以我控制在一般道路的汽車速度。

奔跑的同時我一邊確認地圖。

在這短短的期間裡，騎馬護衛似乎連人帶馬都成了噴射狼的食物了。

幸虧有護衛幫忙爭取時間，馬車還安然無恙。載貨車台的部分似乎載著弓兵，努力不讓追趕馬車的狼群接近。

小隻的野狼是名為褐色狼的普通動物。牠們恐怕是被噴射狼的「支配眷屬」操控了。

我抵達廣場。這裡比想像中寬廣。廣場靠山谷一側林立許多擋風的樹木，其空間足以容納三台左右的馬車停放。靠山一邊的稍高地勢上設置有看似木屋的小屋。

陰暗的天空終於開始嘩啦啦地降下雨滴。

我將目光放在小屋所在的高地再更上去的場所。從那裡應該可以狙擊山頂的野狼才對。

我迅速移動，從儲倉裡取出短弓和箭矢擺好架勢。

——糟糕，只有十枝箭而已。

我這麼咂舌，但仍舊確認山路上隱約可見的馬車及褐色狼，一隻接著一隻發動狙擊。由於瞄準了褐色狼的要害，幾乎是一擊必殺。

＞獲得稱號「弓的高手」。

弓的連射速度比魔法槍還要更快。

就連若隱若現的噴射狼我也解決掉了一隻。不過對方被最後一枝箭射中之後並未斃命，我於是從儲倉裡取出魔法槍將其解決。

短弓的威力取決於弓弦的強度，所以等級的修正影響似乎比較少。

之後我又用魔法槍解決了好幾隻褐色狼，但由於是沿著山體大幅彎曲的街道，接下來馬車和野狼都不見蹤影了。

載著眾人的馬車此時已經抵達下方，我於是決定先和她們會合。

「狼大約解決掉一半了。還剩兩隻名叫噴射狼的巨大野狼。這些傢伙可是強敵，所有人集中攻擊同一隻。」

即使是獸娘們，一對一要毫髮無傷地打倒對方大概很困難。

我讓露露躲進山中小屋，馬兒們也繫在小屋後方的樹上。

見到捲起袖子轉動手臂的亞里沙，我小聲向她叮嚀：

「亞里沙，別使用固有技能哦。」

「咦？那麼展現亞里沙的厲害之處，讓主人迷上的計畫不就——」

「這是命令。」

「怎麼這樣～」

亞里沙雙手撐地沮喪地叫道。儘管對她很不好意思，但這是賽恩臨死之際給我的忠告。亞里沙那種類似拋棄式大砲的固有技能，不能再讓她任意使用了。

山的陰影處斜坡出現馬車的蹤影。大約是三十公尺的距離。

被雨淋濕的馬兒們，全身都冒出白色的熱氣。

「馬車來了～？」

「很好，開始攻擊。」

聽到小玉的報告，我下達了攻擊許可。

蜜雅的弓箭、波奇和小玉的投石及娜娜的魔法箭負責狙擊那些鎖定拉車馬的野狼。亞里沙的精神魔法可能會將馬車一併捲入，所以這裡就不讓她施展了。

我也拿著兩把魔法槍逐一狙擊野狼。

「嗚哈！用兩把槍實在太萌了！啊啊，為什麼這個世界沒有『數位相機』呢。」

將亞里沙的話當作耳邊風，我一隻接著一隻不斷狙擊褐色狼。

拉車馬來到斜坡頂端，在轉變為下坡之際暴露出載貨車台的狀況。車篷已經裂開，如今眼看噴射狼就快要咬住馭手了。原本在車台上的護衛們都不見蹤影。

「是魔物！你們快逃！」

見到我們的身影，馭手聲嘶力竭地這麼吶喊。或許是已經能聽見噴射狼的呼氣聲，馭手怎麼樣也不肯轉頭。

彷彿沉浸在愉悅之中，噴射狼在馭手的頭頂張開嘴巴。

——到此為止了。

我用調至最大威力的魔法槍擊穿噴射狼的腦袋。

血花飛散，噴射狼自馬車掉落在地。

馬車通過了廣場前。

「亞里沙！」

回應我的呼喚，亞里沙的「精神衝擊波」魔法將追趕馬車而來的褐色狼一網打盡。

大批褐色狼的眼耳流出鮮血猝然倒地。似乎有半數死亡了。

原本想拜託獸娘們徹底解決褐色狼，但如今還剩一隻噴射狼。必須優先處理。

這個時候，雷達上出現了一個從山頂往這裡筆直而來的光點。

我抬頭望去卻不見其蹤影。

光點的目標不是我們，似乎是朝著剛才的馬車而去。我來到街道上，觀察急馳而去的馬車。

自馬車上空處降下的龐大身軀一落地，飽受噴射狼摧殘的載貨車台便輕易遭到粉碎。

那是擁有龍一般身軀，三顆蛇類腦袋和一對翅膀的「許德拉」。

不愧是具備獨棟民家般的龐大身軀，其等級也高達三十九，快和不死王一樣了。

我將槍口對準許德拉準備解救馭手。

「主人，後面！」

亞里沙在背後這麼尖叫。「察覺危機」技能也同時做出了反應。

雷達的紅色光點急速接近。是噴射狼。

「盾！」

搶在我回頭之前，娜娜的魔法盾便擋住了噴射狼的衝刺。

或許是無法一併抵銷慣性，透明的魔法盾被噴射狼擠壓得往我的方向靠近。我把魔法槍收入儲倉，用一隻手將其推回。

代表馭手的光點已經從雷達上消失了。

我於是洩憤般地連同魔法盾一併將整隻噴射狼踹起。

僅一擊便將魔法盾化為光的碎片四處散落，一併踢碎了位於其後方的噴射狼下顎。這一擊似乎削去對方將近九成的體力。噴射狼的體力計量表猛然減少。

緊接跑來的波奇和小玉出手砍斷了噴射狼後腿的肌腱，莉薩的長槍則是從噴射狼的腹側貫穿其心臟。

最後，娜娜用理術創造的三枝魔法箭刺入噴射狼的頭部，了結了對方的性命。

我將掃蕩剩餘敵人的工作交給莉薩她們負責，自己則是望向許德拉。

許德拉用那三張嘴巴叼著馬匹，此時正悠哉地往山裡的方向飛去。

事到如今就算攻擊許德拉也無法改變任何人的命運，但我希望至少幫那些人報仇。由於對方已經脫離魔法槍射程，我便從儲倉取出短槍對準其頭部全力投擲。

超越音速的短槍，筆直地逼近許德拉的三顆腦袋要將其貫穿。

儘管刺穿了兩顆頭，最後那顆腦袋也並非毫髮無傷，但卻似乎未能打倒對方。飛行姿勢失去平衡的許德拉，就這樣消失在山的另一頭。

若是「小火焰彈」魔法應該能徹底打倒，但考慮到之後發生的森林大火還是過於危險而無法使用。真想要類似「凍結彈」或「魔法箭」那種使用方便的遠距離魔法。

為保險起見，我對許德拉做了標記。

原本在考慮是否要將領內較強的魔物統統標記起來，但嘗試搜尋之後卻發現領內整體的數量很多。

包括魔物或魔族的光點顏色在內，只要不是敵對的話就像人類和動物一樣用白色顯示，於是我將預設的色彩變更為黃色。

在確認的過程中，我發現這裡和聖留伯爵領不同，領內存在好幾個空白地帶。

這些空白地帶應該在庫哈諾伯爵的統治領域之外吧。

雖然幾乎都分布在與南方穆諾伯爵領的領境一帶，但這個諾奇鎮的南邊也有空白地帶。

倘若那裡只是單純的未開拓地帶或自治區還好辦，要是像許德拉那種魔物的巢穴就非常危險，所以我希望儘快前去調查。

今晚乾脆就在最近的諾奇鎮上投宿以確保大家的安全，同時由我一個人偷偷前去調查好了。

儘管或許會被她們認為又去尋花問柳，但確保安全是絕對必要。

戰鬥中途開始下起的雨，在戰鬥結束之際已經增強為局部豪雨般的猛烈雨勢。

雖然讓遺體淋雨覺得很過意不去，但鑑於有土石流的危險，我還是讓大家到山中小屋裡避難。

全員都被雨淋濕而導致體溫下降，為了暖暖身子我拜託她們準備午餐。

在剛才的戰鬥中，亞里沙和娜娜都昇了一級。娜娜的技能並未增加，亞里沙則是要把技能點數留存起來。

或許是戰鬥中用了太多理術，娜娜訴說自己缺乏魔力，於是我讓她喝下在聖留市購買的魔力回復藥。

熱水燒開後，我請露露幫忙泡杯茶。滋味清爽的香草茶讓我的腦袋清晰不少。

儘管現在這麼悠哉，但滿地的馬車殘骸和噴射狼的屍體要是導致後續的馬車發生事故就很難睡得安穩了。

我打開地圖調查街道沿線疑似馬車的光點。距離最近的馬車還要三個小時才會抵達，應該沒問題才對。

——哎呀？在山頂的路上居然有倖存者。而且還是兩個人。體力雖然只剩下一半左右，狀態卻是「昏迷」。

告訴亞里沙她們要去看看馬車的情況後，我便獨自一人踏進了雨中。

中途我一邊將護衛的遺體和擋住街道的噴射狼屍體收進儲倉裡，同時往倖存者的光點方向走去。

大概是馬車繞行山頂緊急轉向的時候被甩出車外，他們好像掛在懸崖途中的岩棚上撿回了一命。

我在靠山體一側的堅固樹幹上綁了繩子，藉此降下懸崖。雖然可以像平常那樣輕快地跳下去，但如今要回收兩個人的話就得慎重一點。

外表沾滿泥巴很難辨識，不過根據AR顯示，他們都是十五歲左右的少年少女。令我意外的是，明明高中生左右的年紀卻似乎是一對夫婦。唔，按照這邊的標準他們已經成年，所以算很正常了吧。

少年的腿部已經骨折，所以我放上夾板施以急救處置。

將兩人綁上用繩子做成的安全索，我一次抱著兩人就這樣躍起，返回三公尺上方的街道。

……看來繩子是多餘的。

總之兩人沒有生命危險，於是我讓他們躺在可以遮雨的樹蔭底下。待我將雨中的護衛隊長及其愛馬的遺體回收至儲倉後，便帶著兩人回到山中小屋。

遺體擺放在馬車附近不會被雨淋到的樹蔭下並蓋上了布。至於馬的屍體太大，無法安置在樹蔭下，所以只是蓋上防水布而已。

「有倖存者。蜜雅，麻煩妳施展回復魔法。」

「嗯。」

我將兩人交給點了點頭的蜜雅，然後再次往外走去。這次是為了回收馭手的屍體。

「主人，我把調理的工作交給露露了。請務必讓我一併同行。」

穿好雨具的莉薩也跟過來，於是我決定帶她一起去。

波奇和小玉也想跟上來，不過遺體的狀況很有可能變得慘不忍睹，我便命令她們山中小屋裡等著。

我帶著莉薩來到街道上。

「那頭亞龍的巨軀著地後，竟然會變成這樣呢。」

莉薩顫聲喃喃說道。

她的目光盡頭處是曾為馬車的殘骸。原本是駕駛台的位置躺著一具上半身被踩扁的男性屍體。當初我想救他的時候，好像早就已經被殺死了。

我們收集遺物，確認了這位男性的身分證。他似乎是庫哈諾市的商人。由於貨物幾乎已經粉碎殆盡，為了不妨礙其他人的通行，我們便連同馬車的殘骸一併推入路肩的草叢中。

雨停之後，亞里沙用精神魔法「覺醒」讓兩人醒來。告知兩人並無其他倖存者的事實後，我將他們帶往安置在樹蔭下的遺體處。

「大哥……」

「哥哥！」

針對倒在廣場上的噴射狼進行魔核取出作業的獸娘們，這時向兩人投以擔憂的目光。

在獸娘們附近對褐色狼放血的露露似乎也很擔心。和露露一起進行作業的娜娜從表情上看不出任何反應，但由於視線望向了兩人，所以她大概也在操心吧。

我和首先恢復平靜的少年聊了一下。

馭手是少女的哥哥，三人平常都一起在做生意。聽到領境有野狼出沒的消息後，他們便雇用了身手俐落的護衛，但完全不知道還有噴射狼這種魔物和野狼在一起。

我帶走在廣場上恨恨地踢著噴射狼腦袋的少年，前往回收散落在街道上的貨物。只要有事情做，應該就會忘記傷痛吧。

我叫來亞里沙和蜜雅，拜託她們照顧一下少女。

我和少年一起檢查那些為了減輕馬車重量而被拋棄的貨物。波奇和小玉也一起。

貨物是以木工製品和陶器類為主，由於放入了看似木屑的緩衝材，所以有一半的陶器類都平安無事。木工製品則包括了各類家具、漆器、槍桿、箭桿等五花八門的商品。

由於小玉和波奇兩人喊著「搬運～」、「喲！」的吆喝聲賣力地搬運，待我們抵達護衛隊長剛才的遺體所在處時，貨物幾乎都已經回收完畢了。

「遺體要怎麼處理？」

「我們打算埋在山中小屋的後面。受各位這麼多的照顧實在很過意不去，但能否幫忙我們埋葬呢？」

原本還以為對方會要求我幫忙運到附近的城鎮。據少年所言，旅途中發現的屍體繼續曝屍荒野的情況是很常見的，頂多是一些信仰虔誠的人會為死者祈福或擺放供品而已。

即使是像這一次有人倖存的情況下，還有餘力埋葬死者算是非常罕見了。

我爽快地答應了他們的請求，在小屋的後方挖掘墓穴。

挖掘用來埋葬四個人的墓穴本來應該會很累人，但靠著我超高的力量值和獸娘們的協助，在短時間內便完成了。

乘倖存的兩人與死者間離別依依之際，我將馬匹埋葬在廣場的角落。莉薩詢問過我是否要解體作為食物，但我總覺得實在沒有那種意願。

拜託波奇和小玉帶著萬納背包前往回收廣場和街道上的褐色狼屍體之後，我轉而協助表示希望解體噴射狼的莉薩。

畢竟整隻噴射狼無法直接放入萬納背包，也難怪莉薩會想解體了。

褐色狼的放血作業結束後，露露和娜娜也加入了解體作業，所以我只是幫忙拿繩子把噴射狼吊在大樹的樹枝上而已。

將裝有清水的小木桶放在莉薩身旁後，我便靜靜地觀看作業。原以為她只要毛皮，但似乎連肉也不放過。

「那……那個，莉薩小姐，魔物的肉可以吃嗎？」

「內臟比較危險必須丟棄，但從肉的顏色來看應該可以食用才對。」

面對露露的疑問，莉薩以毫不猶豫的口吻回答。

顏色的確很像牛肉，不過光憑這點判斷的話倒是讓我不敢苟同。

我試著鑑定切好的肉塊，似乎沒有毒性而且可以食用。

聽見陪伴在少年少女身旁的亞里沙和蜜雅自小屋後方傳來的呼喚聲，我於是前往那裡。

「道別完畢了嗎？」

「是的，一直哭下去的話會挨哥哥罵。」

擦拭著哭紅的雙眼，少女露出堅強的微笑。向她招呼一聲後，我便和少年一起將泥土蓋在遺體上。

他們身分證上的名字，則是刻在適當大小的石頭上用來代替墓碑。

◆

自山頂的山中小屋出發後，我們在傍晚之前抵達了庫哈諾伯爵領內最近的諾奇鎮。

少年向門衛報告山頂上發生的事情，我在旁則是隨時補充個幾句。

「噴射狼帶領的狼群出現在領境的街道上？應該在更西邊的才對啊……」

——莫非狼群是遭到許德拉驅趕而移動了嗎？

懷著這種想法，我告訴門衛關於許德拉的事。

「你說許德拉？不是只有噴射狼而已嗎？」

「我也見到被壓扁的馬車。若不是從上方掉下岩石，根本不會損壞成那樣哦。」

面對半信半疑的衛兵，少年又補充了證詞。

即使如此，許德拉出現在人類世界，這種事情似乎令他們很難相信。

「那該不會就是被落石砸壞的吧？」

「若您懷疑，可以到現場看看馬車。由於應該還存在其他目擊者，不妨向鄰近的農村或獵人打聽看看如何？」

由於我並非一定要讓對方相信許德拉一事，所以三言兩語便結束了話題。

然而，這種態度大概是被當成很有可信度的表現，我們最後被帶到公所，與名叫「審議官」的官員會面。

「我來整理一下啊。你們發現了遭到噴射狼和褐色狼群體襲擊的旅行商人，旅行商人的護衛們被狼群襲擊而殉職，你們雖然出手驅除狼群，但擔任馭手的商人卻被突然出現的許德拉殺死，吃掉馬匹的許德拉則是逃往山的方向。內容是這樣沒錯吧？」

對於審議官先生的發言，我點點頭回答沒有錯。至於其他列席的人就只有少年和看似官員的幾個男人而已。剩下的人都在公所前停著的馬車旁等待。

「那麼，我接下來要依序質問剛才所整理的內容。無論為事實與否，你都一定要回答

『是』。」

他這麼告知，然後依序開始審議。

「審議官哈特斯詢問。旅行商人的護衛們和狼群戰鬥後殉職了嗎？」

「是。」

「審議官哈特斯詢問。旅行商人被許德拉殺死了嗎？」

「是。」

「審議官哈特斯詢問。你們並未傷害旅行商人一行嗎？」

「是。」

「審議官哈特斯詢問。許德拉往山裡去了嗎？」

「是。」

其中不動聲色地夾雜了訊問，但我仍豪不介意地回答。

這個鎮上前來報告許德拉一事的衛兵擁有「判罪之瞳」天賦，應該很清楚我們並沒有殺害旅行商人才對。

「這個人說的話是真的。」

聽了審議官先生的話，其中一名官員慌張地大叫：「守護大人！」然後衝入室內。所謂的守護，指的似乎是受領主委任統治城鎮的地方官員。

「守護大人會透過緊急通報用魔法道具與領主大人取得聯絡。想必不久之後便會派遣軍隊前來討伐許德拉了。」

審議官先生笑了笑，表示不用擔心。

我和少年被叫進一個名為「守護辦公室」的房間裡，再次要求我們進行許德拉和噴射狼的報告。

即使要搜山獵殺，噴射狼也只會拿支配眷屬後的褐色狼當作誘餌逃往深山，據說領軍也感到相當棘手，所以擔任守護一職的男爵用高高在上的態度稱讚了我。

在這之後，我們轉移至掌管事務的守護輔佐官閣下的辦公室，討論了關於許德拉的出沒報告及討伐噴射狼的獎勵事宜。

這個城鎮的預算似乎很少，感覺不太願意提供現金獎勵，於是我試著向對方索取今晚住宿旅館的介紹信。

當我告知不需現金獎勵的瞬間，身材細瘦的守護輔佐官閣下便很開心地為我奮筆疾書了一封介紹信。

明明就是擁有爵位的下級貴族，守護輔佐官閣下還真會精打細算。

之後，少年前去遞交旅行商人和護衛們的死亡通知書。

這段期間，我在公所的窗口賣掉兩顆從噴射狼身上回收的魔核。行情價提高了不少，是聖留市將近三倍的價格。

結束公所的事情後，我將少年他們送往有認識的人所在的商會。

為了答謝，少年表示可以從手中的商品裡拿走中意的東西。

我並不缺錢，但這時若不收下謝禮好像有種看不起少年的感覺，於是便請對方轉讓箭桿和槍桿等物。

光是這樣依然會讓我擔心少年他們的未來，所以我不動聲色地打聽出兩人手中的商品很難在這個鎮上賣掉的事實，然後以進貨價多少加點利潤的價格全部買下。

儘管亞里沙責備我太過心軟，但畢竟運輸費用為零，以後找個可以不虧錢出售的地方處理掉就好了。

與不斷道謝並目送我們離開的少年少女道別之後，我們便前往公所介紹的鎮上一流旅館。

◆

小鎮不大，我們很快就抵達旅館。在要了房間打算讓大家休息之際，對方卻拒絕讓亞人進入房間。

雖然可以讓亞里沙再次展現凱諾納鎮時所用的手腕，但既然請公所寫了介紹信，我便拿出來向旅館老闆出示。

介紹信的效果十分強大，對方立刻就按照我們的要求給了兩間四人房。

旅館老闆小心翼翼地折好介紹信之後歸還，我就這樣收進了懷中。儘管已經沒有用處，但也不能將貴族寫的信丟棄。

房間的分配是用猜拳決定，娜娜、露露、莉薩這三人和我住在同一間。

起先我傷透了腦筋，懷疑這是不是在考驗自己，但後來發現並沒有問題。沒錯，因為今晚我預計要去探索空白地帶。

時刻才接近黃昏，不過明天我打算一大早就出發，所以便分頭進行採購。

我將胡椒之類的辛香料探索任務交給亞里沙和娜娜負責。剩下的人則是拜託她們準備飼料以及在空的小木桶裡裝水。

我自己和擔任護衛的莉薩一起前往鎮上唯一的鍊金術店兼魔法店。為避免糾紛，我讓莉薩用附兜帽的外套遮掩身體。

在目的地的店家門前，一個兜帽蓋住眼部的男人猛然將門打開。就在差點撞上我之際，莉薩反應迅速地伸手幫我擋住門。

男人的臉撞上忽然靜止的門，用盛氣凌人的口吻對我發牢騷：

「小心點！你們當我是誰啊！我可是——」

「失禮了。您沒有受傷吧？」

這種狀況下應該算是對方自作自受，但我是個成年人，於是便開口向對方道歉，希望對方能夠原諒我的心不在焉。

似乎察覺到什麼，兜帽遮住臉部的男子閉上嘴巴，坐進了在店門前等待的馬車。

面對抱著大型行李慢吞吞地走出店內的隨從，兜帽男子破口大罵：

「去下一家店！趕快跟上來，你這慢吞吞的奴隸！」

奴隸男還未上車，馬車就開走了。奴隸男沒有任何抱怨，用肩膀扛著發出「匡鏘」聲響的大袋子在馬車後面追趕。

「走吧，莉薩。」

催促著被馬車吸引注意的莉薩，我們進入店內。

「歡迎光臨。這裡有賣強壯劑藥丸，可是沒有魔法藥的版本哦。」

開口第一句話，戴著眼鏡型怪異魔法道具的女店員就這麼一口咬定。我看起來像那麼好色的人嗎？

為了不讓內心的不愉快寫在臉上，我藉助了「無表情」技能。

「妳好，我想購買魔法藥用的祕藥，請問有庫存嗎？」

「如果是體力回復藥的祕藥可以賣給你三包哦。一包一枚銀幣。我們店裡的魔核不太夠，所以不接受殺價哦。不願意就算了。」

在手指縫間夾著三包藥包，女店員一副愛買不買隨便你的態度。藥包就像在醫院拿到的那種裝有藥粉的小紙包。

價格比起聖留市的鍊金術店將近是三倍，但和「市場行情」技能告訴我的價格卻差不多，所以應該沒有被坑才對。

儘管不清楚原因，但既然是魔核不足導致價格飆漲，只購買穩定劑的話應該會比較便宜吧？

剛才在公所賣掉獲得的噴射狼魔核，但我仍然有在迷宮和「搖籃」所獲得的大量魔核。只要有穩定劑，無論多少祕藥都做得出來才對。

「那麼有穩定劑嗎？」

「嗯嗯，穩定劑有很多哦。你身上有魔核的話能不能提供一些？」

真是個冒失的女孩，突然就要求別人出售魔核。

唔，既然在剛才的對話中會求購作為祕藥材料的穩定劑，那麼對方推測自己擁有另一項主材料魔核也是很合理的吧。

不過，在領內獲得的魔核，按規定應該要賣給該領地的公所或門衛才是。

「魔核剛才已經在公所賣掉了哦。」

「喂，拜託啦。鍊金術士多少都會藏個一兩顆起來的吧？」

「很遺憾。」

苦於材料缺乏固然值得同情，但這麼做不就等於違法行為嗎？我向來將明哲保身放在第一位，所以便拒絕了交易。

「那麼，如果你認識的人有魔核，能不能請對方過來賣給我們？不管是打扮多麼怪異的傢伙，我們絕對會二話不說地收購。」

「我會轉達給認識的人。」

對了，雖然好像有點在乘火打劫，不過能不能以提供魔核為條件請對方出售魔法卷軸呢？

「我認識的人需要魔法卷軸——」

「等拿來跟這個秤錘一樣重的朱三以上等級魔核，倒是可以考慮看看哦。」

魔核還有分等級嗎？我請教女店員關於魔核的等級。因為有色票可以供參考，我於是請對方讓我瞧瞧，同時一邊在儲倉內顯示手裡的魔核進行比較。我找出手中與色票一致的魔核，按照等級建立資料夾並製造樣本。

在我觀看樣本的期間，女店員從店內拿出一個將近十公斤的大袋子。

那個袋子輕飄飄地浮在她的身後。太像魔法了，反而有種變魔術的味道。

「那是魔法嗎？」

「這是『自走板』哦。應該不是多麼稀奇的魔法吧？」

儘管聲稱不怎麼稀奇，看得出她還是有些在炫耀的意味。記得術理魔法的初級書好像有這個名稱的魔法。

我確認對方拿出來的穩定劑。AR顯示為「穩定劑／甘蔗葉的粉末」。市場行情是五枚金幣。

「這是甘蔗葉的粉末吧。」

「是啊，你真清楚呢。在這一帶是相當稀有的東西，不過之前有商人留下一大批以支付藥價。幸好能在壞掉之前賣出去。」

「妳願意賣多少呢？」

「因為剛剛進了加爾瑪草的穩定劑，所以這些全部賣你也無妨哦。全都買下的話算你兩枚金幣就好。」

雖然有一股衝動想叫對方賣我剛進貨的，但既然都願意用行情價一半以下的價格出售，就算是廉價品也無所謂了。反正放在儲倉內品質好像也不會劣化，對我來說或許是一筆划算的買賣。

我購入整袋的穩定劑，接著又繼續加購其他製作祕藥所需的素材和自己準備起來頗為費事的必須素材。

結帳完畢要離開店內之際，我突然想到有樣東西忘了買。

「我還需要盛裝魔法藥用的小瓶子，請問多少錢呢？」

「——抱歉，在你來之前全部被買走了。對方拿著有賽達姆市太守印章的徵用令過來，實在無法拒絕哦。」

強制徵用小瓶子到底要做什麼？莫非太守正在大量生產魔法藥嗎？

所謂太守就類似守護的職位，據說是掌管都市的地方官員。

在這裡繼續糾纏也無濟於事，我便決定前往負責供貨的陶藝工房大量收購，然而那裡也被剛才的男人全部買光缺貨了。

鍊金術用的小瓶子據說一個月只會燒製一次，所以對方叫我等到下個月再購買。由於燒製用的黏土會加入穩定劑，所以好像無法和其他的器皿同時燒製。

反正剛才已經買了大量的穩定劑，到下個城鎮或都市倘若又沒賣，就自己做做看好了。

所幸鼠人何澤給我的那張紙上寫有詳盡的陶瓷燒製流程，所以應該辦得到才是。

回到旅館後，先返回的亞里沙一臉得意的表情向我報告已經取得了胡椒。

亞里沙她們的成果不僅如此，還弄到了芥末、辣椒粉、類似大蒜和蕎頭的油漬、高麗菜和白菜的醋漬，以及很像醃蘿蔔乾的醬菜。

此外更採購了看似蘿蔔乾材料的雙叉和三叉白蘿蔔，以後的蔬菜料理應該會增加滷白蘿蔔之類的菜色了。

晚餐是讓旅館送到房間裡享用。儘管比起凱諾納的旅館食物像樣許多，但如果在攤販街說不定能吃到更美味的料理。

讓孩子們早早上床睡覺後，我獨自一人來到夜晚的鎮上。對莉薩她們，我只告知自己要出門一事而已。

莉薩和娜娜原本想跟來保護我，但這次必須我獨自行動才不會花太多時間移動，於是只好請她們忍耐了。

對了，在調查空白地帶前還有件事情要做。

「聽說你們需要魔核吧。」

一走進鍊金術店，我便向女店員這麼開口。

我如今的打扮是臉上裹著布，身穿一件破爛外套並將兜帽拉至眼部位置。換成平時，這身可疑人物的裝扮就算被人檢舉也不足為奇。

「如果有朱三以上等級。」

然而女店員似乎看出了我是誰，依然像平常一樣出聲招呼。

我將口袋裡掏出的魔核擺在櫃台上。由於是從「紅針蜂」身上回收的魔核，有許多體積都很小。

迷宮出產的魔核都具備朱七以上的高品質，而「搖籃」的都是朱二以下，所以我並沒有什麼選擇的餘地。

「你啊，就算磨成粉之前的魔核再怎麼穩定，還是不要就這樣放在口袋裡吧。使用魔法的時候要是吸收魔力導致破裂該怎麼辦？」

什麼，會破裂嗎？說到這個，最初製作的魔法道具也因為注入太多魔力而破裂了。

我感謝她的忠告，擺出了總共二十顆魔核。

她將魔核放在看似小型鍊成板的物品上進行調查並製作筆記。看樣子好像在估算魔核的價格。

「有沒有品質更好一點的？可以的話最好是能用於中級藥的朱五以上等級。數量少一點也無妨。」

「這個行嗎？」

我將救出赤盔時打倒的「逼近的影子」魔核放在桌上。雖然有點小，但這大約是朱六等級的魔核。

「這……這顆真的很棒呢。」

在女店員估價的期間，請對方讓我看看卷軸好了。

「老闆，聽說你們可以用卷軸來支付魔核的價錢。」

「從這裡面挑你自己喜歡的吧。」

對方出示的卷軸有「盾」、「探知」、「信號」三種。店內還有「魔法箭」和「短暫昏迷」之類的卷軸。

「沒有其他的嗎？」

「有是有，不過恕我無法把高殺傷力的卷軸賣給新客人。這是落魄的旅行探索者留在這裡的卷軸，怎麼樣？」

女店員拿出的是名叫「風壓」的卷軸。比生活魔法的「微風」更強，但效果似乎還不足以打倒敵人。原本的用途好像是用於輔助帆船行駛的風魔法。

因為好奇是哪個異想天開的人製作的，於是便試著詢問。據賣掉的探索者所言，好像是迷宮裡的出土物。

老實說，每一種都是很微妙的魔法，不過看在機會難得的份上，我決定買下所有可以出售的卷軸。每個卷軸價格為四到六枚銀幣，四個卷軸一共是十九枚。

紅針蜂的魔核平均是一枚銀幣，影子的則是六枚銀幣，兩者都是市場價格的將近三倍，看來和祕藥一樣價格都在飆漲中。

我以現金方式收下多出來的款項。其實本來還想購買中級的魔法書和魔法道具，但由於沒有我想要的商品便作罷了。

◆

離開鍊金術店後，我跳過鎮上的外牆，獨自一人在夜晚的街道上以汽車般的速度狂奔。

當然，萬一身分曝光會很麻煩，我於是將姓名改為空白，換上了隱藏全身的黑色外套並將兜帽蓋至眼部。

大約半小時後，我來到距離目的地最近的街道，由此踏入了森林。

多虧有「夜視」技能和「穿越惡路」技能的輔助，就和白天過來沒有兩樣。

避開偶爾自草叢出現的夜行性小動物，我時而躍過小溪流往森林深處前進。

來到預定地點的半路位置時，我停下腳步。

還不知道空白地帶會有什麼東西在等著我。以準備萬全的狀態前往比較好。

我隨便找個地方使用卷軸，學會了「盾」、「探知」、「信號」、「風壓」的魔法。同時也取得了「術理魔法」技能和「風魔法」技能。

這個「術理魔法」技能似乎與之前使用「流星雨」獲得的「術理魔法：異界」是不同的技能。說不定是像「鑑定」技能那樣的總括技能吧。

在魔法欄中選擇使用「盾」，感覺就跟娜娜所使用的理術沒有什麼兩樣。日後再進行比較驗證好了。

接著我在魔法欄中選擇並試著使用「探知」。

一百二十公尺範圍內的生物分布頓時浮現在我的腦中。要是不習慣如何取捨，大概會很痛苦吧。

再加上效果範圍不僅比雷達還小，可能是被探知對象發現的緣故，範圍內的野生動物竟然都逃掉了。大概就像是一種主動式聲納吧。決定將它塵封起來。

這次換成嘗試「信號」，但遺憾的是這種魔法好像不能單獨使用。

由於原本是拿來在魔術士之間打信號和通信之用，試試能否與魔法道具結合製作出簡單的通信機或許也挺有趣。

最後我使用了「風壓」。

周圍颳起了彷彿風洞實驗所使用的狂風。雖然有好幾棵較細小的樹木被颳倒，但威力比起「小火焰彈」要更可愛。

似乎就相當於純戰鬥用的「小火焰彈」威力較低一些的版本。

結束了名為魔法實用度測試的自然破壞行為後，我回歸原本的目的。

抵達空白地帶之前，我又獲得了「動物學」、「追蹤」、「察覺動靜」、「躡手躡腳」、「潛伏」、「隱形」這些技能。

大概是移動中發現毛茸茸的小動物想去觸碰，為了不被發現而悄悄接近時就獲得技能了吧。

同時也增加了「森林探求者」和「無形的追蹤者」稱號。後者聽起來就像跟蹤狂一樣，感覺有點討厭。

進入地圖的空白地帶瞬間，一種近似暈眩的感覺向我襲來。

異樣感隨即消失。我好奇之下確認紀錄後，結果顯示「抵抗了迷惑方位的魔法」。新的抗性技能則並未獲得。

周邊沒有看似魔法使的存在。我迅速在主選單的魔法欄裡選擇「探索全地圖」以填補地圖上的空白。

這裡似乎叫「幻想之森」。看起來就是個普通的森林，所以覺得有些名不符實。

遙遠的塔中僅有兩名人族女性。一人是魔女，另一人則是魔女的徒弟。其他還有好幾隻魔創生物和被分類為幻獸的生物。當然，也棲息著許多普通的生物。

在我無意中注視剛才暈眩的地方好一陣子後，ＡＲ顯示出現了「迷惑方位的結界」字樣。大概是用來和平驅逐入侵者的一種措施吧。

或許是魔女她們已經得知我通過剛才的結界，魔女的徒弟似乎正往這邊趕來。

我的事情已經辦完，不過總得為自己非法入侵一事向對方道歉才行。

畢竟若不讓對方知道是什麼人基於什麼目的而入侵，或許會讓她們操無謂的心吧。

好，迎接我的人差不多已經到了。

「……■■石筍。」

躲藏在樹叢另一端的長袍小女孩——魔女的徒弟使用魔法對我進行牽制。

鐘乳石般的三根石槍從我的腳邊刺出。是來自三個方位的包圍攻擊，但其目的並非將我刺穿，好像只是要用石槍限制我的行動而已。

我待在原地不動，任憑石槍將我包圍——原本是這麼打算，但一根鎖定失敗的石槍卻以貫穿我心臟的角度襲來，於是我中途輕輕將其踩碎。

＞獲得技能「土魔法」。

＞獲得技能「土抗性」。

好像不如外表那麼堅硬的樣子。

就算擊中身體，也很有可能只會稍微疼痛而不至於受傷吧。

「嗚哇哇，居然踢壞『石筍』……太不合常理了。」

魔女的徒弟用哭泣般的聲音喃喃說道。是個和亞里沙差不多年紀的怯懦女孩。兜帽下隱約可見捲曲的紅色頭髮。

她坐在一頭體高超過一公尺的鋼鐵製的豹背上，更有四具「活鎧甲」跟隨著她進行保護。豹和活鎧甲好像都是同系的被創造物。

「嗚嗚嗚，大家上啊——！」

魔女的徒弟半哭泣地向活鎧甲們下達草率的命令。

持單手斧和圓盾的兩具活鎧甲負責保護魔女的徒弟，剩下的兩隻向我襲來。

那麼，該怎麼做呢？

實在沒想到對方會不由分說地敵視我。

畢竟的確闖進了人家架起結界拒絕外人入侵的地盤內，無疑是我的不對。雖然不知道能不能獲得原諒，但此時還是乾脆地道歉吧。

「不小心入侵了妳們的領域，我為自己的冒失表達謝罪之意。對不起。」

我留意不去損壞兩手持斧向我襲來的活鎧甲，然後將它們拋向森林的樹木所形成的黑漆漆林子裡。

這段期間，和剛才一樣的「石筍」魔法又創造出石槍襲向我，但被我輕輕用手撥開就粉碎掉，所以並沒有危險。

「啊嗚啊嗚，魔法沒有效啊。老師～～」

陷入恐慌的小女孩開始詠唱漫長的咒語。

從最初的字句判斷似乎是土魔法。最近熟讀魔法書的結果，手頭裡的咒語大致上都可以了解了。

明明就這麼努力卻學不好詠唱，也無法自在地使用魔法，世事還真不盡如人意呢。

好了，牢騷到此為止，得讓對方收起敵意才行。

「這樣子很危險，能不能先停止攻擊我？如果需要懲罰，倒是可以讓妳揍一拳哦。」

我低下腰配合她目光的高度這麼交談，但對方卻完全沒有聽進去的樣子。

她詠唱的似乎是「泥波」的咒語，要是完全命中的話大概會滿身泥巴吧。

若當作是非法入侵的懲罰倒無所謂，但出現在她上方的人物卻出手制止了。

頭頂上傳來「啪啪」的聲響，一個影子隨之降下。

巨大麻雀模樣的「古老雀」以彷彿要壓扁小女孩之勢落地。

柔軟的麻雀腹部下方傳來小女孩「嗚哦」的悲鳴聲，但從ＡＲ顯示看來似乎平安無事。

古老雀的背上坐著與小女孩身穿同樣設計長袍的老婦人。這位看起來彷彿鄉下的沿廊上會坐著的和藹老婆婆，正是這座森林的魔女。

她從古老雀的翅膀滑行降落地面，然後來到我面前——跪拜。

——咦？

誰來跟我解釋一下情況好嗎？

「初次拜見。我是負責管理這個幻想之森源泉的魔女。剛才我這位不肖徒弟對於波爾艾南的使者大人做出無禮的舉動，在此要表達深深的歉意。還請看在我這身老骨頭的一顆腦袋份上，務必原諒我這位徒弟的不規矩。」

——這裡也是源泉嗎？

唔，話說「波爾艾南的使者」又是什麼？

和蜜雅的氏族是「波爾艾南」有何關連嗎——啊啊，是因為赤盔送我的鈴鐺吧。記得那的確叫「波爾艾南的靜鈴」，是精靈所頒發的身分證明物。

嗯，先不說這個，還是趕快化解誤會讓對方起來吧。

「魔女閣下，請別這樣，快站起來吧。是我沒有先打招呼就踏入了妳的領域裡，該道歉的人是我才對哦。」

面對這麼開口後仍不改跪拜姿勢的老魔女，我將手放在其肩膀上讓她抬起臉。

嗯，畢竟這裡沒有電話，我也不知道拜訪前要先用什麼方法聯絡才好。

「感謝您的好意，但使者大人——」

「妳好像誤會了呢。我目前在保護波爾艾南氏族的精靈沒錯，不過並非官方公認的使者。」

「可是，對持有靜鈴之人做出攻擊行為，也就等同於向波爾艾南之村宣戰了。」

就類似向外交官開槍之類的舉動吧？

「總之能不能先不要跪拜了？讓一位女性這樣趴在地面上實在令我非常過意不去。就當是為了我著想，請先起來吧。」

總之我讓老魔女站起來，再次開口謝罪後終於順利達成和解。

接下來我便將入侵「幻想之森」領域的舉動解釋成「為了問候源泉之主」。由於「詐術」技能發揮效果的緣故，對方似乎完全相信了。

話雖如此，她對於我並非使者一事卻仍半信半疑……

我和老魔女一起坐在古老雀的背上來到了魔女之塔。

軟綿綿的背部坐起來很舒服，甚至讓人還想要再多坐一會。在天花板著地時也如同老練的駕駛員那樣平穩地降落。

從古老雀背部下來時我瞥了一眼紀錄，明明只是一同乘坐而已卻獲得了「騎獸」技能。以後還真想調教一大堆飛行型的生物，和大家一起展開空中之旅。

「佐藤閣下，這邊請。」

跟著手杖前端散發亮光的老魔女，我走下了塔屋頂的樓梯。這是沿塔身外牆建造的無扶手螺旋階梯。由於充滿了手工製作的感覺，令我擔心會不會踩穿地面導致崩塌。

最頂層好像是倉庫，架子上吊掛了許多正在風乾的植物，室內堆有箱子和籃子，還整齊擺放著不知用來做什麼的各式器具。想必她或剛才的徒弟大概生性喜歡乾淨吧。

經過老魔女她們寢室所在的樓層後，我被請入了一個接待室兼研究室的房間。

一團發出奇怪「咕嚕波」叫聲的毛球出來迎接我們。長得很像毛球怪，不過根據ＡＲ顯示的資訊，牠是一種名叫「毛球鳥」的幻獸，似乎是老魔女的「使魔」。

房間角落是魔女的住處好像一定會有的大鍋正在火上加熱，鍋子裡「波波波」地燉煮著某種綠色的東西。

ＡＲ顯示的名稱為「魔女的大鍋」。真是一點也不委婉的命名。

話說回來，居然來不及關火就出門了嗎？感覺好像做了很對不起她們的事情。

「我正在鍊成魔法藥，有些許草藥的氣味還請見諒。」

「不，我也喜歡鍊成，請不用在意。」

發現我正在看著大鍋，對方或許是這麼誤解了。

「不過，魔女閣下妳不使用鍊成板嗎？」

「那個大鍋也屬於鍊成板的一種哦。是能將源泉的豐富魔素封入魔法藥，使效能獲得飛躍性提昇的魔法道具。」

據她說，這座塔本身就是一個收集魔素的集中設施。既然都存在都市核，那麼該不會一樣也有塔核的存在吧。

這麼唐突的問題我說不出口，於是便和對方再度正式問候一番。

我確認ＡＲ顯示中在她身旁的詳細資訊。她身為人族，竟然比精靈蜜雅還年長，已經有兩百一十七歲了。

是因為身為魔女才這麼長壽，還是由於控制著源泉的緣故，實在是令人在意。

她的等級為三十七，從年齡的角度來看是偏低了。好像會使用水魔法和術理魔法。其他像是冥想、鍊成、調配、製作魔法道具等等，都是一些很像魔女會具備的技能。

稱號為「幻想之森的魔女」還無所謂，但連名字都是「幻想之森的魔女」究竟是怎麼回事。

因為有些在意，我乘閒聊之際詢問老魔女的名字，得到的回答是「繼承源泉之際就已經拋棄過去的名字」。

繼承源泉時的儀式上，好像必須拋棄個人的名字才能獲得繼承資格。

說到這個，繼承源泉還需要進行儀式嗎。

我在支配了「龍之谷」的源泉時並沒有進行過那種儀式，但利用流星雨屠殺龍群大概就相當於一種儀式了吧？

在「托拉札尤亞的搖籃」時之所以無法支配源泉，不知道是因為無法支配複數的源泉，或者由於蜜雅是「搖籃之主」，所以源泉的支配權都在她身上的緣故。

不知為何，「源泉的支配權」在稱號或備註欄裡都未記載，所以無從確認。

倘若流星雨之後我沒有調查紀錄，想必也不會發現我自己居然支配了「龍之谷的源泉」吧。

源泉的話題結束之際，我請老魔女讓我看看魔法藥的完成品。試著鑑定後，每一瓶都是「高品質」。

「真是出色的成品呢。封入愈多魔素或魔力，魔法藥的性能就愈高嗎？」

我歸還老魔女製作的魔法藥，一邊這麼問道。

「理論上是這樣沒錯。只不過就算封入一定分量以上的魔素，魔法藥的魔力一樣很快就會消散，所以並沒有什麼意義。倘若要立刻使用，的確有提高效能的效果，但以魔法效率來說還是使用回復魔法較為實在。」

原來如此，所以鍊金術的教科書上才沒有記載嗎？

之後的一段時間裡，我和老魔女談論鍊金術。雖然幾乎都是老魔女在發言，不過內容實在很有意義。

樓下傳來匆匆忙忙的聲響。

透過雷達我事先得知似乎是魔女的徒弟回來了。護衛們的速度好像比鋼鐵豹還要慢，如今仍在森林裡移動。

跑上樓梯的徒弟就這樣順勢衝進了房間。

真是個慌慌張張的傢伙。

「伊涅妮瑪亞娜，進房間之前要——」

「對……對不起！老師。那……那個，剛才真的非常抱歉！」

大概是在模仿老師，身為徒弟的她也趴在地面上跪拜。

毛球鳥輕盈地飛到徒弟頭上降落，將身體膨脹得圓滾。看樣子那裡是牠的固定座位。

「是我不小心踏入了妳們的領域。我接受妳的謝罪，所以能不能站起來。」

雖然用詞有些高高在上的感覺，但若不這麼開口，對方好像不會接受，我也就配合對方的感覺。

話說回來，真是個饒舌的名字。難道沒有像「小伊」之類的暱稱嗎？

「魔法藥的狀況怎麼樣？」

面對老魔女的問題，小伊攪拌著大鍋的內容物一邊報告狀態。由於是大鍋專用的尺寸，調配棒就像船槳一樣長。

「老師，非常順利哦。這樣一來，這次也能順利達成盟約了。」

「嗯嗯，是啊。今晚就交給妳負責看火了，沒問題嗎？」

「嗯！沒問題，請包在伊涅身上！」

雖然聽起來很一面像她會因為打瞌睡把事情搞砸的旗標，但旁人這麼開玩笑的話太過失禮，我於是默默聽下去。

由於聽到了在意的關鍵字，我便詢問「盟約」究竟是什麼。

當然，這只是出於好奇，若對方難以啟齒的話我並不打算強行追問。但這對於老魔女來說似乎並非什麼需要保密的事情，所以就輕易地告訴我了。

「就是和庫哈諾伯爵之間的盟約。伯爵不讓非法之徒或者獵人進入這座森林，其代價便是我們每年要兩度提供三百瓶特製的魔法藥。」

三百瓶嗎？收集材料好像挺費事的，不過用這個大鍋應該可以一口氣完成才對。

儘管老魔女說得好聽，但這麼做就像為確保這座森林的自治權而納稅了吧。

據說特別是這幾年裡，大批狗頭人開始襲擊領內的銀山，所以對方囑咐一定要嚴格遵守交貨期限才行。

的確，如此速效性的藥品只要有足夠的庫存，就算大批魔物來襲也不至於會造成嚴重的傷亡。

諾奇鎮上缺乏魔核，官員將魔法藥用的小瓶子搶購一空，大概也是為了幫助老魔女製作魔法藥吧？

站在伯爵領的狀況來看，根本就算不上什麼困擾的事情。

由於被徒弟的歸來打斷，我和老魔女又重新開始討論鍊金術。

她似乎連鍊成的道具都會自製，例如那個大鍋據說就是老魔女自行製作的。除了討論鍊金術，我還請教了各種關於魔法道具的問題。

老魔女很大方地告訴我如何設計以及配方，於是我打算收集材料後多多嘗試製作。

儘管並非獲知這些資訊的代價，但老魔女卻主動拜託我一件事。

在我提到接下來要前往公都方向時，老魔女便委託我送一封信給她認識的人。

那個人據說住在離街道稍遠處的森林裡，不過並沒有什麼大問題，我於是爽快地答應了。

我這次要幫忙帶信的對象，竟然是森林巨人。

倘若這是電玩遊戲，想必就會發生「將信送到巨人之村」的任務了。

畢竟能幫上老魔女和那位巨人的忙，而且還可以參觀森林巨人的村落，簡直就是雙贏的美妙關係了吧。

巨人居住的森林裡據說還有獨角獸，這讓我滿心期待今後的造訪。

那麼，叨擾了這麼久，差不多也該告辭了。畢竟莉薩她們大概會操心吧。

我穿過厚重的木製大門離開塔內。

老魔女提議要用古老雀送我一程，但讓一位老人在初冬的夜空中飛行太過殘忍，所以我堅決推辭了。

出來送客的老魔女詠唱咒語，彷彿汽車照地燈的淡色光輝便在地面亮起，製作出一條光之小徑。

看來簡單卻似乎是很高級的魔法，老魔女的魔力因此減少了一成左右。

但隨後便以驚人的速度回復。大約是我的一半速度。蜜雅的回復速度也比亞里沙還快，但老魔女的回復速度卻更在其上。

這種回復速度恐怕也是源泉的恩惠吧。

話雖如此，由於原本的魔力量各有不同，無法只用比例的方式來判斷單位時間的回復量快慢，不過已經很夠了。

甩開腦中的這番私人研究，我向老魔女道別後便離開了高塔。

沿著這條光之小徑前進，好像就能走到領域外頭。

我來到這座森林之初還認為這裡名不符實，不過看來是我錯了。

如螢火蟲般閃爍的鈴蘭、散發淡綠色光芒的蝴蝶、像玻璃一樣透明的蚱蜢等等，真是充斥著許許多多的幻想生物。

這裡似乎不僅有美麗的生物，例如飛到面前的逼真人面蝶讓我有些膽戰心驚，還被翅膀上的人臉花紋嘲笑了一番。

森林裡的小塊草地上聚集了下半身為山羊，名叫「山羊足族」的妖精們。他們敲著太鼓般的樂器一邊開心地起舞。

要是帶年少組過來的話，好像可以跟他們打成一片吧。

像這樣的光景，隨著我來到「迷惑方位的結界」附近後就漸漸看不到了。

雖然有些可惜，但已經充分大開眼界，所以覺得很滿足。

在回去的路程中，我事先解決了埋伏在移動路線上的野豬。這是帶給莉薩她們的禮物。

回到旅館後，我被操心過頭而有些歇斯底里的亞里沙斥責了。

說什麼夜晚的森林很危險，不要獨自出去亂晃。我有告訴她們要到都市外面嗎？

被問到明明房間不同為什麼又會出現在這裡時，她的回答很含糊。不過既然穿著下擺頗短的睡衣，大概是偷偷潛入準備夜襲我吧。

儘管可以在指出這點後咄咄逼人，但淚眼汪汪拚命訓斥我的亞里沙實在太可愛，所以我也不再解釋，只是將她抱到懷裡不斷道歉。

最近得找個機會證明自己在黑暗中仍可自在地行動，好讓亞里沙不必再為我擔心才行。

◆

隔天早上，床舖的晃動聲將我吵醒。

可以聽見他人的呼吸聲。莫非是亞里沙一大早又來性騷擾了嗎？真是學不會教訓。

感到有些傻眼的我睜開雙眼一看——

「……主人……拜託您……這麼懇求道。」

意料之外的嬌聲讓我一口氣清醒。

解開頭髮的娜娜正跨坐在我身上。臉上依舊面無表情，但感覺就像發了高燒一般顯得妖豔動人。

她四肢趴在床上觀察著我的臉，從寬鬆的領口可窺見相當壯觀的乳溝。有種想要伸手從下方沉甸甸地把玩的衝動。

我聽不清楚娜娜在說些什麼。大概是昨天因為隔壁房的大叔打呼聲太吵，於是把「順風耳」技能關閉緣故吧。

「主人，快一點。」

「……嗯嗯。」

被娜娜彷彿發燒般的聲音所吸引，我下意識跟著點頭。

娜娜撐起身體，就這樣猛然脫掉襯衫。被襯衫一併往上帶起的雙丘，在獲得自由後自豪地暴露出頂端。

那迷人的光景在下一刻，就被勤奮地追上的金色長髮所遮蓋了。

我的手彷彿著了迷一般伸向娜娜的胸部。

「早安——！你心愛的亞里沙來了哦——哦哦哦哦哦哦哦！那是什麼啊！」

亞里沙的尖叫讓我回過神。同房間的莉薩和露露不見蹤影。大概是已經起床正在進行出發的準備吧。

那麼，我這雙伸出去的手該擺哪裡才好呢？

——總之先搓再說了。

我頂著迷迷糊糊的腦袋將手伸向娜娜。

「看我亞里沙的鐵壁防禦！」

精神錯亂的亞里沙飛撲而來，我於是用兩手接住她。

娜娜不解地傾頭，望著我和亞里沙兩人。

「主人？請儘快調整理術器官。」

「咦？不是在做色色的事情嗎？」

聽了娜娜的話，亞里沙的表情變得十分錯愕。

很好，乘機挽回劣勢。

「那・還・用・說・嗎。」

「好像滿可疑的……」

「沒・這・回・事・哦。」

面對亞里沙半瞇著眼的追問，我藉助「無表情」技能加以敷衍。

接著我和亞里沙一起聽取娜娜的解釋。

昨天白天訴說自己魔力回復不正常的娜娜似乎真的變得不舒服，於是便前來拜託我進行調整。

「娜娜妳自己應該有魔力操作的技能吧？」

「由於理術器官狀態不佳，無法進行魔力操作——這麼報告道。」

「知道了。我也有『魔力操作』技能，就來試試看吧。該怎麼做才好？」

「請將手放在靠心臟的位置注入魔力。細部的調整會逐一指示——這麼宣布道。」

娜娜將雙手垂在身體兩旁，一副毫無防備的模樣。

一旁的亞里沙發出「咕奴奴」的呻吟。

雖然對她很不好意思，但這可是治療行為。嗯，是沒有辦法的呢——

我意氣風發地伸出手臂，但在實行的前一刻卻被蜜雅的一句話阻止了。

「背部。」

「是啊！既然只要靠近心臟，從背部就沒問題了吧！真不愧是蜜雅！」

「嗯，交給我。」

從入口處探出臉來的蜜雅，她搖搖晃晃地走進房間「蓬呼」一聲撲到我的大腿上。

「同意蜜雅的提議。從背部也不會影響調整效率——這麼保證道。」

娜娜站起來，轉過背部後坐下。

那現代風格的白色內衣雖然很耀眼，但亞里沙和蜜雅的目光扎得我很痛，於是便目不斜視地著手開始調整。

娜娜抓起自己的頭髮放在身體前方。頸部後方的短髮以及肩膀到背部的線條令我感到炫目。肩胛骨的嫵媚程度實在暴力。一個不小心好像就會喪失理智。

我有種立刻想要用手指在娜娜背上「滋滋」地滑過的衝動，但動員所有理智之後總算忍住了。

將雙手貼在背上，我自右手向左手注入魔力。

感覺得到些許的窒礙感。我稍微調整魔力流動的強弱，為娜娜清理魔力所流過的路徑。

理術器官的調整相當順利——

「啊嗯……嗚……主人，再溫柔一點……啊啊！」

——等等，娜娜？

不要發出那種好像高潮時的嬌聲好嗎？下半身要是產生反應怎麼辦。

「姆，無恥。」

「咕奴奴。下……下一次絕對要換亞里沙了！」

鼓起臉頰的蜜雅還無妨，但看起來好像快流出血淚的亞里沙太過可怕，我於是拜託前來

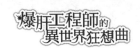

叫我起床的莉薩帶她去吃早餐。

花了十分鐘左右，理術器官終於調整完畢。或許是刺激性太強了點，娜娜在調整結束後仍舊繼續趴臥在床上。

看那一臉滿足的模樣，我也就將她放置到出發之前了。

◆

帶著有些賺到的感覺，現在是從聖留市出發後的第六天過中午時分。

我們自庫哈諾伯爵領的諾奇鎮出發，在領內小溪沿岸的草地上乘著太陽高掛之際進行露營的準備。

為避免糾紛，我選擇了從街道方向很難看到這裡的樹叢後方。

之所以選擇這裡作為露營地，主要是為了解體昨天回收的野獸。

儘管放在儲倉裡不會喪失新鮮度，但若不加以處理就無法用於料理。

不久，露營的準備結束，獸娘們著手開始解體的重頭戲。露露和娜娜也進入準備階段，要對解體下來的肉進行處理。

蜜雅和亞里沙兩人因為討厭血腥味，所以就讓她們沿著河流去探索下游部分。我拜託兩人前去收集野菜和藥草。

好，這次的數量很多，看來我也不得不一起幫忙。

這麼決定後，我走向正在河岸上解體野狼的莉薩她們身邊。

「怎麼了嗎，主人？」

莉薩將剛才用柴刀砍下的狼頭放在石頭上，回頭這麼問道。

——我和狼頭對上了目光。

心中的那股幹勁正以驚人的速度流失中。

「唔，我昨晚散步的時候解決了一頭野豬。妳們一起幫我解體好嗎？」

我下意識轉移了話題。

見到我透過萬納背包從儲倉裡取出的小型野豬，莉薩開口稱讚：

「真不愧是主人。」

「野豬的肉～？」

「好像很好吃的野豬喲！」

小玉和波奇接過之後，按照莉薩的指示將其放在大石頭上。

「接下來交給妳們了。」

「是的，敬請期待今天的晚餐。」

我向激動地拍拍胸膛保證的莉薩回答：「那就拭目以待哦。」然後往略微下游處走去。

「啊，主人，大豐收哦。」

「佐藤。」

亞里沙出示竹籠內滿滿的魚。好像是將精神魔法打入河裡抓到的。

吹著草笛的蜜雅，其竹籠內則是裝有各類堅果和香菇。香菇稍後得鑑定一番才行。

——對了，既然野獸不行，至少應該能殺魚才對。

我和亞里沙她們一起返回露營地，準備解體亞里沙捕來的魚。當然，一開始先請莉薩示範了一次。

我抓住滑溜的魚身，開始去除魚鱗。黏在手上的魚鱗讓我感到不快但仍把它繼續做完，然後用菜刀草草剁下魚頭。

緊接著切掉胸鰭，回憶著莉薩的示範動作，我一邊剖開腹部挖出內臟丟到河裡。那油亮亮的光線反射和黏滑的觸感則是被我拋到了九霄雲外。

因此我用小河裡乾淨的水洗掉黏液，呼出了一口氣。

到達這一步，接下來就簡單了。順從「調理」技能和「解體」技能的輔助，我將魚剖成了三塊。

剩下的魚也同樣解體完畢。

或許是心無旁騖地進行機械式的解體，我獲得了名為「明鏡止水」的技能。倘若這個世界有日本武士，大概會大罵我作弊吧。

其他還追加了「解體匠」這種不可思議的稱號。真要說的話不像在調理，這稱號更像是拆房子的人。

「我說，主人。你殺魚的動作是很俐落沒錯，不過殺這麼多要用來做什麼呢？」

……嗯，完全沒想過這點。

面對我的沉默，亞里沙彷彿了解一切，擺出「真拿你沒辦法」的動作。

我全速運轉灰色的腦細胞思考這些魚的用途。

「油炸的話……沒有油嗎？」

「也沒有麵包粉和雞蛋呢。」

調理用的油還不到可以用來油炸的分量。雖然有許多肥肉，但拿來榨油也很費事。下次到城鎮上的時候再購買足夠油炸的分量好了。

忽然間，正在解體褐色狼的莉薩等人映入我的眼簾。

既然挖出那麼多內臟，光是今天的晚餐應該用不完才對。再加上還有十五條魚做成的料理，很有可能會留下許多剩菜。

「好，就曬成魚乾好了。」

「嗯，見到那副光景，的確也該這麼做呢。」

看到莉薩她們堆在一旁的肉山，亞里沙一副生厭的模樣往河川的方向走去。她似乎要前去和待在河邊收集漂亮石子的蜜雅會合。

曾是日本人的前公主亞里沙大概和我一樣，對於解體野獸都有種抗拒心理。

用餘光目送著對方遠去，我一邊在木板托盤上擺放的魚肉塊灑上多一些鹽。

接下來透過日曬去除水分之後就完成……應該這樣才對。

「主人，要曬魚的話必須先浸泡在鹽水裡，讓鹽分滲入魚肉內部。」

見我要將灑好鹽的魚排放在太陽底下，莉薩出聲這麼制止。

據莉薩所言，好像必須在濃鹽水裡浸泡三十分鐘左右後用水清洗，然後才能放在通風良好的陽光照射處日曬。

我按照莉薩所教的步驟進行作業。在「調理」技能的輔助下，我大致了解如何拿捏鹽分的濃淡。連時鐘也不用看就知道浸泡到什麼時候才剛好，這讓我感受到技能系統的威力。

我將水洗過的魚肉塊擺放在較大的木板上。

接下來得設法不讓蟲子附上去才行。

我向待在河岸的亞里沙出聲喊道：

「亞里沙！不好意思，麻煩妳『除蟲』一下了。」

「ＯＫ——」

亞里沙的「除蟲」魔法是我所設計的原創咒語。之前亞里沙用精神魔法「不安空間」驅趕蟲子，使我獲得了靈感加以製作。

這是激發昆蟲戒心的一種魔法。同時也製作了小動物版，但使用後對動靜敏感的小玉就會變得坐立不安，於是取消了。

這個魔法的目的是為了夜間露營時能舒服地睡到早上，所以一旦使用後效果便會持續至隔天早晨。

好，換重頭戲上場了。

完成殺魚任務的我已經沒有任何死角。

這就趕快來解體野狼——

「……莉薩？」

「是的，有什麼吩咐嗎？」

莉薩拿著剁下的狼頭凝視的舉動讓我感到疑惑。

「不，因為有這麼多腦袋，我在想能不能做些特別的調理。」

倒是有舌頭、臉頰肉和腦漿等部位可用，不過目前先保密吧。欣賞狼頭的解體秀，對我來說難度還太高了。

「有機會到城鎮上的肉舖時，我再幫妳問一下吧。」

「是，請務必問個清楚！」

莉薩用充滿期待的表情這麼拜託，但雙手還拿著狼頭這一點挺超現實的。

我儘量不去和狼頭對上目光，幫忙了剩餘的作業。

儘管沾上了不同於魚類的黏液，我仍努力忍耐著不讓大家看扁。祕訣就在於砍下頭部時，眼睛不要看著屍體。

中途我裝上剛才獲得的「解體匠」稱號進行解體，但無法實際感受到有何變化。這究竟有什麼意義呢？

解體這麼多野狼，獸味自然也很重。

我環視四周，蜜雅和亞里沙在河岸邊尋找漂亮石子的一幕映入我眼簾。

我出聲呼喚蜜雅，請她用魔法幫我洗淨。

不過由於味道相當頑強，洗淨魔法無法一次完全洗乾淨。

「蜜雅，不好意思，拜託妳喝下魔力回復藥後再清洗一次吧。」

「不要。」

蜜雅用手指在嘴巴前比了個叉叉這麼拒絕。

「很苦。」

魔力回復藥有那麼苦嗎？

「除了緊急狀況外，那種味道的確會讓人不想喝呢。就燒點熱水洗一下身體吧。我來幫主人刷背好了。」

「姆，無恥。」

拜亞里沙的不謹慎發言所賜，蜜雅一口氣喝下魔力回復藥後向我施展魔法。見到那種打從心底覺得「好苦」的表情，我於是拿出棘甘草的果肉讓她中和味道。

率先清潔完畢之後的我，如今正在馬車後方製作魔法道具。

雖然剛才為止還在負責燒熱水，但以前在城內迎賓館一起入浴的獸娘們不用說，現在居然連娜娜和露露她們也都脫下衣服，所以我自然移動到這裡。

總覺得這個世界的女性都太沒有警戒心，應該說對裸露的羞恥心非常淡薄吧。

我腦中不禁浮現在聖留市的門前旅館見到的那位洗澡美女的白皙肌膚，於是甩甩腦袋以驅除煩惱。在這種地方增加我的性衝動根本無濟於事。

我用強大的意志力壓抑煩惱，回到製作魔法道具的作業上。

目前正在製作的是熱水器。像點火魔具那樣將魔力轉變為熱能的迴路比較簡單，所以就成了我所嘗試的對象。

儘管之前製作時將迴路繪在木板上，但這次由於是加熱用品，繼續用木板的話就算不會燒起來也會焦掉吧。

我在儲倉內尋找具備耐熱性和熱傳導率較佳的物品。

候補選擇有好幾個，最後我決定使用備用的鍋子。一個厚重難以導熱的鐵製單手鍋及另一個相同大小的銅鍋，拿這兩個進行嘗試。

我用迴路液在鍋底逐一繪製加熱迴路。

注入魔力後，迴路變得赤紅並發出高溫。不久之後溫度上昇得太高，銅鍋被燒出一個洞。至於鐵鍋安然無恙，但迴路則是有些許融解。

發現用來作為熱水器的話溫度太高，我又調整迴路將溫度降低至篝火的程度。

在鍋中加水，緩緩對迴路注入微量的魔力。迴路變得赤紅，鍋底「噗咕噗咕」地冒出小氣泡。不久氣泡增加，水開始沸騰了。

滿滿的一鍋水，每一點的魔力值可以提昇三十度左右的溫度嗎？以小火焰彈一發只需要十點魔力來看，效率實在很差。

據魔法道具的書籍所述，鐵器容易導致魔力擴散，我想大概就是這個緣故了吧。

即使如此，只需一分鐘左右就能將水燒開這點算很不錯了。以目前使用的簡單迴路來說，想要再加快沸騰速度便會導致迴路融解。

這個熱水器魔法道具的鍋子，其迴路是裸露在外，應該無法直接來拿進行調理。畢竟迴路可能會被攪拌鍋子的湯杓所刮壞。況且食材若是掉入迴路之間的縫隙，洗起來似乎也非常費事。

目前還是用來當作熱水瓶的代替品好了。

出浴後充滿嫵媚氣息的娜娜和露露在莉薩的指導下開始準備晚餐。

年少組擺好餐具之後無所事事，所以大家就自由行動。波奇、小玉和蜜雅一起在河岸邊撿拾漂亮的小石子，亞里沙則是坐在墊子上開始閱讀魔法書。

我將目光望向堆積如山，要用於晚餐的肉。

解體完畢的褐色狼光是精選出來的肉就有四百公斤以上的量，所以除了今天要吃的心臟和肝臟部分外，其他部位都埋在挖好的坑裡丟棄了。

切成薄片的心臟和肝臟在大盤子裡堆成一座小山。暗紅的顏色不太能夠引起人的食慾。

既然這樣，昨天噴射狼的肉顏色還比較漂亮。

——對了，既然有「調理」技能，就試著煎那種肉看看吧。

「莉薩，我想試吃一下昨天噴射狼的肉，可以教我怎麼煎嗎？」

「若您想吃，我來煎好了。」

莉薩這麼提議，但為了見識「調理」技能的效果，我便以「想要自己煎煎看」的理由讓她接受了。

首先將噴射狼的肉做好烹飪前的準備。其肉質看起來就像進口牛肉那樣沒有多少脂肪的瘦肉。將其切成五十克左右的小肉片後，我聽從莉薩的建議用菜刀在狼筋的部分切出缺口，好讓鹽和胡椒能滲入其中。

接下來，在加熱的平底鍋放入肥肉讓油均勻散布，先將油漬大蒜的切片炒過後分裝在小盤子裡。之後就仔細聽著熱油的爆響聲一邊將肉迅速煎熟。因為害怕食物中毒，所以我選擇將其煎至全熟。

——這種暴力般的美味香氣是怎麼回事？

當其中一面煎得焦黃之際翻面，接下來就等待完成即可。由於是魔物的肉，似乎需要較長的時間才能煎熟，但除了時間之外，調理技能告訴我的感覺就和普通的肉沒有兩樣，所以並無多大問題。

「等……等一下，這種好像很好吃的味道是什麼！」

正在閱讀魔法書的亞里沙整個人衝過來，觀察我手邊的動靜。

就連在河岸撿拾小石子的波奇和小玉也都流著口水跟在亞里沙身後跑來。不知為何，包括不吃肉的蜜雅和只能吃流質食物的娜娜也前來查看我手邊的狀況。

「還會有什麼？我在把昨天噴射狼的肉煎來吃吃看哦。」

「咦？這麼小塊？這樣豈不是沒辦法分給大家？」

這是理所當然的吧。這些分量是我用來測試自己吃下後會不會附加奇怪的抗性，還有就是之後找個人吃吃看，確認到了隔天會不會出現問題。

這麼說明之後，每個人都發出了自願的聲音。

「我！我願意光榮犧牲！」

「小玉也是～」

「波奇也要犧牲吃肉喲！」

「唔，交給小孩子太危險了。這次就拿我當實驗品吧。」

「主人，我是屬於主人的物品。主人的東西就等於是我的東西。所以適合擔任實驗品——這麼建議道。」

「姆，肉？」

總之就是大家都想吃吧。蜜雅似乎只是被肉的香味所吸引，一聽到是肉就頓時喪失興趣了。

……娜娜也是，妳再多忍耐一陣子的流質食物吧。

「用猜拳來決定吧。娜娜還不能吃固體，所以禁止參加。」

「主人！請再重新考慮。」

「不行。」

我冷冷拒絕了頂著面無表情卻輕易做出驚愕情緒的娜娜。

雖然很可憐，不過我總不能讓腸胃功能最弱的人擔任實驗品吧。

「太好了！我贏了！」

露露做出萬歲般的姿勢蹦蹦跳跳。她會如此直接地表現出喜悅之情，實在非常罕見。

欣賞著回過神後對自己的行動感到臉紅的露露，我將煎好的肉切成兩半。其中一片放入自己嘴裡。

——這是什麼？

比至今吃過的任何肉類都要美味。不，光是肉本身的等級就比當初內定儀式後，社長請我們吃的近江牛腓力牛排還要更高級吧。

不過，這塊肉排的美味又是怎麼回事？

簡單的胡椒鹽調味似乎帶出了肉排原本的味道。

明明是全熟，每咬下一口嘴裡就會充滿肉的滋味。本身肉汁很少，但卻直接刺激著舌頭。再與融出的脂肪交匯後，美味度更是大增。

想不到竟然會這麼好吃。一起食用的大蒜類香料發揮了恰到好處的襯托作用，將味道帶入了更深的層次。

在享受著不同於牛肉的野生般食感期間，小塊的肉片就這樣消失在喉嚨深處。

衝鼻的大蒜香氣和脂肪的餘味令我想還要再吃一口。

然而回想起主要的目的，我於是強忍下來了。

確認過紀錄之後，並沒有附加什麼奇怪的抗性。似乎就像鑑定所得的結果那樣，並非什麼危險的肉類。

「真好吃。來，露露妳也吃吃看。」

我用筷子夾起肉遞給露露。露露用手按著頭髮，張大那嬌小的嘴巴一口咬住了肉。換成平常的露露，應該會因為害羞而磨磨蹭蹭才對。

美食的魅力還真是可怕。

露露變化多端的表情，最終轉變為神魂顛倒般的無比幸福笑容。

「啊啊，跟主人結婚的話，每天都能吃到這麼美味的料理呢……」

露露呼出煽情的氣息，喃喃說出被食慾所控制的這番話。

「是啊！就用露露的美貌攻陷主人吧！怎麼樣？主人！要是把露露弄到手的話，還會隨貨附贈亞里沙哦！和美少女姊妹一起玩姊妹丼——」

搶在危險的發言之前，我使出了彈額頭Mark II。Mark II本身並沒有什麼意義。

或許是被肉排擄獲芳心，平時被稱讚容貌就會做出負面反應的露露似乎完全把亞里沙的發言當作耳邊風，沒有任何反應。

不經意查看一下紀錄後，發現增加了「肉料理的達人」和「餐桌的魔術士」稱號。

關閉紀錄後的視野裡出現了被肉排油漬弄髒的盤子，我趕快拿到一旁的水桶裡清理。畢竟油汙可是很頑強。

「啊啊！」

「夢想和『機望』都破滅了喲。」

只是洗個裝肉排的盤子，小玉卻發出悲鳴，就連波奇也流露絕望的嘆息。

——莫非妳們想要舔盤子上的肉汁嗎？

另外儘管未開口說話，但莉薩同樣對已經一旁沸騰逸出的鍋子毫無反應了。

……沒辦法，就來煎大家的份吧。

到頭來，除蜜雅以外的所有人都吃了噴射狼的肉排。

一開始我還打算叫娜娜忍耐著，但卻在娜娜使出的傳說中奧義「胸前抱抱」之下屈服了。

不承認傳說存在的亞里沙和蜜雅似乎向我抗議些什麼，但我由於沉浸在幸福之中所以記不太清楚了。

大家好像都無法滿足於小塊的肉排，不過吃得太多把身體搞壞就傷腦筋了，於是接下來我便改提供褐色狼的烤心臟和烤肝臟。

比起噴射狼的肉排雖然腥味頗重，不過也具備了獨特的美味。

「調理」技能上昇至最大的話，說不定就算是詭異的食材也能煮得很好吃吧。

另外，我幫獨自一人被排除在外的蜜雅製作了香菇炒蔬菜。遺憾的是，我的庫存菜色中並沒有什麼複雜的料理可用。

「啊～以後每餐都可以吃到這麼美味的料理呢～」

「這個跳過。明天之後就看我心情而定了。」

儘管喜歡吃美味的料理，但每餐都煮的話就辦不到了。不但煮到後來一定會膩，而且也對於向莉薩學習調理的露露和娜娜不好意思。

不過，由於我自己也想吃「調理」技能最大化之後的料理，所以決定今後心血來潮的時候再參與烹飪的工作吧。

「咦～怎麼這樣～」

「姆。」

「主人，請再重新考慮！」

被食慾支配的亞里沙、蜜雅和娜娜這三人出聲抗議。

獸娘們和露露都露出遺憾的表情，不過很含蓄地沒有參與抗議。

——原來如此，是顧慮到自己奴隸的身分嗎。

就像北風和太陽的寓言那樣，我被這些委婉表達的女孩們所纏住，於是變成一天僅有一次在午餐的時候大顯身手。

猛然一看，原本堆得像小山一樣的心臟和肝臟都消失了。

那麼，下次改製作胃藥好了——

再遇陰謀

「我是佐藤。在某個研討會上曾聽人說過『不可安於現狀，要邁向更高的目標』這句話。不過，偶爾放空腦袋悠哉地過日子也很重要。」

「好像是荒廢的村子呢。」

「嗯嗯，看來似乎沒錯。」

自聖留市出發後的第七天中午，我們來到了一座沒有半個人的村子。

由於在街道上發現斷掉的結界柱，於是便前來查探情況，看來這裡發生意外至少也是好幾年前的過去了。

我帶著年少組前往探索村裡，年長組則留在馬車旁負責留守和準備午餐的食材。

從結界柱斷掉的方式和地面翻起的狀況推斷，可能是村外飛來大型魔物後在村子裡破壞的結果。很可能就是那隻許德拉的傑作也說不定。

配置上原本有六根的結界柱已經斷掉四根，剩下的兩根或許是被人從土裡挖出來，現場只剩下坑洞而已。

折斷的結界柱每個都是內部被挖穿，形成了空洞。

就在我跟波奇和小玉一起觀察之際，蜜雅和亞里沙自背後出聲了。

「佐藤。」

「那裡有水井，不過有奇怪的臭味，大概不能使用。」

「嗯嗯，距離賽達姆市滿近的，為何會被遺棄呢？」

明明只要重新埋入新的結界柱，再次重建就好了。

「這個嘛。以我的故鄉來說，因為結界柱是從沙珈帝國進口的，所以大概是距離能製作結界柱的領地太遠了吧？」

原來如此。因為像是電線桿所以我誤解了，原來這也算是魔法道具的一種。

我帶著亞里沙她們繼續調查村子周邊。

這裡似乎是以陶瓷業為生的村莊，村子的後山留有採集黏土的場所和窯爐。

三座窯爐當中有兩座窯爐已經損壞，剩下的一座似乎平安無事。

波奇和小玉看起來很想要玩黏土，但這次我讓她們忍住了。

通過散落著破碎器皿的小路，我們前往停放馬車的村中廣場。

中途小玉眼尖地發現了用於魔力回復藥的紅褐籠紋草，於是回程大家就一起把藥草採回去。

我們在廢村的廣場稍為提早用了午餐。像昨天約定好的那樣，我調理了褐色狼的肉。

由於連續要煎好幾次太麻煩，我便針對自願者直接煎給她們一大塊幾乎要滿出盤子的厚肉排。

儘管多筋的肉質比起噴射狼的肉更不適合做成肉排，但莉薩卻大為稱讚：「這種嚼勁真是太美妙了。」波奇和小玉拚命想將肉咬斷的奮鬥模樣也很令人莞爾。

至於其他咬不斷肉排的人，我將她們的份回收之後重新做成骰子肉排。

蜜雅和昨天一樣是炒蔬菜，但我在食材方面花了一番心思以換換口味。將亞里沙買來的幾種醬菜切碎後混合在一起，加上去腥的香草以調和味道及香氣。

明明只製作了不會吃得太飽的分量，但吃完後好一陣子大家都沉浸於滿足感當中動也不動。

我乘著飯後休息的期間進行鍊成用的祕藥調配。

最初為了練習，我使用了「搖籃」出產的朱一魔核。

首先將其搗碎磨粉。使用鍊金術士套件中類似螺旋式開核桃器的器具打碎魔核，然後在藥缽裡將其搗至粉末。

由於這樣比較費事，下次就用手指捏碎好了。

接下來是混入穩定劑。另外再投入少量在諾奇鎮的鍊金術店購買的蝙蝠翅膀、蠑螈的黑炭粉末和鹽巴後完成。

小指頭般大小的魔核，就這樣變成了大約二十瓶魔法藥的祕藥。

我將完成後的祕藥放在「鍊金術」資料夾底下建立的「祕藥／體力回復藥／朱一」當中收納。

由於很想知道成品會有什麼樣的效果，我便試著鍊成下級的體力回復藥。

或許是因為獲得了「魔力操作」技能，我覺得鍊成板的操作變得簡單許多。

完成後的魔法藥為「最高品質」。

女店員表示需要朱三等級以上的魔核，所以我還以為魔法藥的製作需要該級別的物品，原來就算是朱一也能做得出來。

接下來我嘗試托拉札尤亞的資料中能夠同時製作五瓶的配方。這個就比較遺憾，獲得了較低一級的「高品質」。

之後換成以朱二和朱三進行驗證。利用這兩種魔核製作而成的祕藥，就算是五瓶同時製作的配方也能獲得「最高品質」。

看樣子，完成的魔法藥品質基本上會被魔核的等級所左右。

用低等級的魔核也能做出高品質的魔法藥，恐怕是因為「鍊成」技能等級最高的緣故不會錯。

我有大量朱一到朱三的魔核，所以便各拿二十顆先製作成祕藥。因為用藥包分成小份的話太麻煩，我直接將這些粉末收進資料夾裡。

順便再用剛才採來的紅褐籠紋草製作了好幾瓶下級的魔力回復藥。

之前蜜雅和亞里沙都說很苦，我於是使用少量蜂蜜和棘甘草的汁液嘗試降低苦味。效果儘管也降低些許，卻變得出奇好喝。這想必是調理技能所帶來的正面影響吧。

沒有空瓶可裝的魔法藥，我直接將它們以液體狀態收進儲倉內的各藥品資料夾裡。

真想趕快弄到可以容納魔法藥的小瓶子。

再怎麼說，到了賽達姆市應該就能獲得補充了吧。

◆

「主人，在森林深處發現了可疑人物。對象已經逃亡，但很可能透過有意圖的信號與同伴取得了聯絡。建議提高警戒等級。」

「可疑。」

距離賽達姆市些許的街道上，擔任馭手的娜娜和蜜雅向我這麼報告。

森林裡的確有人。似乎是隸屬於「無根草」這個陌生公會的男人。

這恐怕是賽達姆市一帶的地區公會吧。其中好像還包括犯下「殺人」重罪的成員，說不定就像聖留市的「溝鼠」公會一樣都是個犯罪公會。

而且和這傢伙隸屬於同公會的男人們，似乎就在前方道路與岔道的匯合處埋伏了幾人，又有二十人左右潛伏在岔道之後的河岸廣場上。

為保險起見，我和娜娜交換馭手的工作。

在匯合地點等待的，是完全不像正派人士的「ＴＨＥ．惡漢」打扮的男人們。他們用簡陋的台子和欄杆擋住了街道。

『喂，馭手怎麼不是女的啊？』

『後面不就載著小丫頭嗎？就這台馬車應該沒錯。』

『唔，不是說只有老太婆或小丫頭而已嗎？』

——這些傢伙的目標是「老人或小女孩駕駛的馬車」嗎？

總覺得這背後好像有什麼陰謀的味道。

——算了，反正事不關己。

或許是知道找錯了目標，男人們挪開了阻礙街道的拒馬。

「發生什麼事了嗎？」

「沒什麼，你們快滾吧。」

我用爽朗的語氣與對方交談，但惡漢們卻亮出插在腰間的開山刀將我們趕跑。

雖然有些好奇，不過既然對方主動避免糾紛就無話可說了。

帶著心中的疑惑，我們就這樣穿越惡漢們的身邊，抵達了賽達姆市。

賽達姆市是個和聖留市相同規模的城塞都市，人口卻多了兩成左右。亞人的比例較聖留市更低。貓人族所占的比例要多一些。

沿著距離市門稍遠的市外城牆林立著許多看似就地搭建的簡陋房屋，身穿破布般服裝，略顯骯髒的人們就住在那裡。

根據AR顯示，他們似乎並非賽達姆市的市民。由於稱號為「流民」，所以應該是從其他領地或國家來到這裡定居的吧。

在市門繳交入市稅時順便詢問的結果，他們似乎是大約二十年前從穆諾侯爵領逃過來的人們。也就是因為賽恩和侯爵的戰爭而受到波及的人們嗎。

這二十年來，許多人似乎都已經遷居至鄰近的村落或市內，如今只剩下其他無處可去的兩百人左右還留在原地。

在這番閒聊過後，我向賽達姆市的門衛報告關於剛才那些可疑的惡漢一事。負責率領門衛的騎士先生保證會帶齊人馬前往巡邏。

長得一臉傲慢無理的模樣，卻不問詳情就做出這番承諾。人果然是不可貌相。我要為光看外表就認定對方是無能衛兵好好反省。

◆

「所以說，這些孩子固然是亞人，不過卻是主人的玩賞用奴隸。如您所見，還讓她們穿上昂貴的衣服，所以要是叫她們睡在倉庫裡遭小偷就傷腦筋了。還是說，如果發生竊盜事件，旅館方面願意補償我們呢？」

「我們無法補償呢。」

「既然這樣——」

「所以請離開吧。本店無法提供住宿。」

亞里沙的常勝交涉術似乎也對表面恭敬內心鄙夷的門前旅館領班行不通。

抵達賽達姆市後我們為了確保據點而來到最近的旅館，結果卻被冷冷拒絕了。

對了，能不能用那封介紹信呢？

我不抱期望地拿出諾奇鎮的守護輔佐官閣下所寫的住宿場所介紹信，交給了這位態度恭敬的領班。

儘管對於其他城鎮的守護輔佐官是否仍有威信這點心存懷疑，但同為伯爵領貴族的介紹或許多少會有一些影響力吧。

「這……這是准男爵大人的……！失……失禮了。立刻就為各位準備房間。」

帶著悲鳴般的抽搐表情，領班的態度頓時大變。看來介紹信在這個都市也派得上用場。

面對驟然改變態度的領班，亞里沙投以輕蔑的視線。

我輕聲告訴亞里沙：「別糟蹋那可愛的臉蛋嘍。」然後請領班準備房間。

最大的房間是六人房，我們便決定借這個房間五天。原本我打算再借一間自己用的單人房，但在多數反對下被駁回了。反正以往都是多人擠在一起睡，事到如今也不用再特地分開吧。

由於積了一堆想買的東西，我向旅館的領班打聽日用品買賣項目最多的商會。

和許多工房直接進行瑣碎的交涉太過費事，所以我便決定在那裡一次訂購。

將品項限定在滯留期間可以弄到的物品後，雖然想要的東西並非都齊全，但多虧一開始告訴商人最多願意出行情的三倍價格，所以大概可弄到將近九成的物品。

畢竟我要買的量不是很大，就算是行情價的三倍也不成問題。

至於用來作為魔法道具基礎的材料等專門零組件，就直接前往與商會簽約的工房進行細部訂購。

我也訂購了像管子、鋼索、螺絲以及螺帽等經常會用到的各種金屬固定具。這樣以後想到什麼，應該就能立刻製作出來吧。

許多鍛冶工房都在忙著生產或修理武器以擊退銀山的狗頭人，但我很幸運地承蒙商會介紹了專屬的職人。

訂購完零組件後與工房老闆閒聊之際，我問起了狗頭人相關的話題。

賽達姆市的太守是個戰鬥狂，據說他將行政工作全部推給輔佐官，自己則是率領騎士前去聲援銀山消滅狗頭人的行動。

順帶一提，狗頭人與犬人族似乎是不同的種族。

狗頭人是隸屬於邪妖精的種族，具備了尖耳朵、狗一般的嘴巴和藍色皮膚的外表特徵。

在傳聞中，其根據地就似乎位於穆諾男爵領西北方綿延的山脈深處。

令我感到不可思議的是，賽達姆市的魔法店和鍊金術店裡都沒有販賣魔法藥用的小瓶子。

商會儘管販賣魔法藥卻不供應小瓶子，所以我請商會介紹陶藝工房並前往訂購，但被冷冷地告知：「一小月之後才有貨。」然後就被趕出來。所謂一小月之後，就是十天後嗎？

簡直就像有人走在我們前頭故意要整我們一樣。

但我還是拜託在商會負責接待我購物的人員幫忙詢問能否購入魔法藥用的小瓶子。

採購大致結束後，明天我打算先逛逛市場然後在市內觀光一番。

◆

由於欲望差不多已經累積到一個程度，我便決定瞞著亞里沙她們出發前往夜晚的街上。

不同於諾奇鎮，賽達姆市的紅燈區就和聖留市的一樣大。

直接前往目的地店家的話也太過飢渴，於是我決定先繞去傳來美味烤雞肉香氣的酒館。

「歡迎光臨！今天的推薦菜色是草鳩的烤肉串和烤麻雀的姿燒哦。也有艾魯酒，不過店裡剛好進了諾奇出產的蘋果酒，不嫌棄的話請點點看哦。」

開朗笑容極具魅力的女服務生將我帶到座位上。

桌上是前一位客人吃剩的食物和餐具。女服務生將餐具收至帶來的盆子裡，然後用手中的抹布將桌上散落的殘羹豪爽地掃落至地板。

再不衛生也該有個限度。但既然是這個世界的慣例作法，我也就沒有出聲抱怨了。

周遭的客人大多都是喝著熱艾魯酒一邊搭配又圓又肥的麻雀姿燒。

我點了尚未加熱的冰艾魯酒和烤雞。其中有一位客人在吃類似滷白蘿蔔的食物，於是我也跟著點了一份。總共只要一枚銅幣，價格非常便宜。

一個人喝酒太無聊，我便像在凱諾納鎮那樣叫了一整桶艾魯酒請店裡的客人喝，成功打進了醉客們的圈子裡。看來就算在異世界，也很少人討厭喝免費的酒。

「客人您真是大方呢。這個我們本來只提供給常客哦。」

準備好酒桶的女服務生，說了這麼一句前言後便展開推銷話術。

「我們店長私藏了一種穆諾出產，名叫『巨人之淚』的老酒。雖然非常昂貴，不過只在我們這家店才能喝到的珍品哦。甚至有人就為了喝這種酒而經常前來光顧呢。」

名字聽起來就像巨人釀造的酒。既然來了我就點點看，喝下去的結果就像甜甜的白蘭地一樣。

的確很好喝，不過酒精濃度似乎很高，不會喝酒的人大概很容易喝個爛醉吧。

品嚐著這樣的甜酒，我一邊向喜歡聊天的大叔打聽賽達姆市的著名景點。

就在記錄著那些適合大家一起逛的場所之際，遠方座位傳來可疑的對話內容。

『——然後，情況怎麼樣？』

『還沒出現。』

『你說什麼?期限可是後天的日落啊?照往年來說應該已經送到了才對。』

『你問我,我問誰啊。時間晚了不是更好嗎?就算搶奪失敗,只要全部打破,那個盟約就——』

我望向聲音傳來的方位,角落的座位處有兩個將兜帽蓋至眼部,看起來打扮不錯的男人正在喝酒。

其中一個男人從遮蓋眼部的兜帽底下很不耐煩地將暴露出的銀髮重新撥入兜帽內。若非他用伶俐的男聲交談,我差點誤以為對方是女性。

就在可疑的對話即將進入佳境之際,大叔見我東張西望便一把用力抓住我的肩膀讓我回頭。

「喂,你聽到了嗎,年輕人?」

「是的,當然聽到了。公所前擺設的王祖雕像的確很氣派呢。」

我在大叔的杯中倒入加點的蘋果酒。雖然裡面好像還剩下一些艾魯酒,不過對方應該不介意才對。

『——只要弄到手,建設新的城鎮就不是夢想了。』

『等大人成為新城鎮的守護,也順便任命我們一族為守護輔佐吧。』

『好吧。總得回報一下你們的忠心才是。不過可別搞錯了。我的目標是小領地的領主,並不是什麼區區守護。』

『喂喂，太貪心的話——』

被永久凍土般的銀髮男性聲音所騙，我還以為他們在策劃什麼陰謀而豎耳傾聽，結果卻好像只是酒醉的沒落貴族在發牢騷罷了。

根據亞里沙所言，建設新的城鎮或是獲得都市核都並非簡單的事情才對。若不是在滅亡的城鎮地下找到都市核，根本就不可能辦到吧。

「喂，我難得跟你聊天，好好聽著啊！」

或許是我的注意力不集中，大叔在發脾氣了。

「我當然在聽了。那個追悼五年前死於流行病人們的石碑，就建造在太守大人的城堡前對吧。」

「噢，看來你確實在聽啊。我老媽也差點死於那個疾病，幸好靠著森林魔女的藥撿回了一命。真是感謝魔女大人啊。」

哦——除了定期交付體力回復藥之外，居然還做了那種事情啊。要是年齡相近，我搞不好真的會愛上她呢。

「小伙子！我把剛才提到的傢伙帶來啦。」

這次是其他醉客帶來了一位沒喝酒的中年男子。

——我剛才說了什麼？

「就是你嗎？想要訂製陶瓷製品的有錢人？」

對了對了，剛才聊到自己買不到魔法藥的小瓶子之際，就有人聲稱在陶藝工房裡有認識的人，要把他叫來這裡。

「真是勞駕您了——」

中年男子是一間擁有自家窯爐的小工房老闆。他說魔法藥的小瓶子都由陶藝公會的老店所獨占，所以無法擅自製作。

「——不過，倒是有個漏洞可鑽。」

我仔細聽著工房老闆的話。大略整理一下，就是在他店裡假裝「學習陶藝」，再由我們自己製作就行了。

「可是啊，唯獨有個問題……」

「是什麼呢？」

工房老闆皺起眉頭欲言又止。

原以為他會在費用上獅子大開口，但卻不是這麼回事。

「我們家是個貧窮的工房，只有一名人族徒弟，其他都是亞人的勞動奴隸。替用於陶藝的黏土做練土工作的便是那些亞人奴隸。倘若你不敢觸摸亞人所練的黏土，就當我沒提過這件事了。」

我向表情苦澀地這麼嘮叨的工房老闆表示沒問題，並告知我們的人數以確認多人前往造訪有無問題。

「嗯嗯，這倒無妨。我們家上一代賺了不少錢，所以整個工房相當寬敞。『轆轤』也夠足這些人使用。那麼至於費用——」

面對工房老闆開出的金額，我毫不殺價便答應了。或許是貧窮了太久，他開出的金額便宜得連我也覺得有些不好意思。

我邀請工房老闆一起喝酒，但對方卻意氣風發地表示要回去做明天的準備，然後便離開了。

我又和醉客們閒聊了好一陣子後，便在其中一位醉客的介紹下準備出發前往據說賽達姆市排名前五的妓院。

然而，在我離開酒館走了一會之後——

「老爺，我們來迎接您了。」

「回去吧。」

「主人，已經過了就寢時間——這麼報告道。」

不知是怎麼找到的，亞里沙、蜜雅和娜娜三人竟然前來迎接我。

「喂喂，既然有三位這麼漂亮的太太就趕緊回去吧。再見啦，那酒還真是好喝啊。下次再來暢飲一番吧！」

「我老公受各位照顧了。今後還請和他好好相處。」

被人稱為太太，亞里沙心情很愉快地代表其他人向男人們打招呼。與其說太太，她的這番發言聽起來更像是母親。

乘著亞里沙和醉客交談之際，蜜雅和娜娜迅速固定住我的雙臂。對於被娜娜抱住的右手臂，左手臂開始嫉妒了。

回頭的亞里沙見到我的雙手被蜜雅和娜娜占據之後發出呻吟，但我只有兩隻手，所以請死心吧。

我被三人帶著乖乖返回旅館。

中途試著詢問她們如何找到我，但蜜雅卻只是回答「祕密」二字，而不告訴我更進一步的詳情。

想必一定是精靈獨有的技巧吧。例如詢問街上的植物之類，真是期待這種很有奇幻風格的答案。

◆

「啊——不行喲！啊嗚，那種的不行喲～」

「討……討厭！啊啊，不行～」

波奇和露露的悲鳴讓我回頭觀望。

「黏土的人靜不下來喲。」

「失敗了。」

對著轆轤上潰不成形的黏土訓話，波奇一邊將黏土重新捏成圓球狀。

同樣也將失敗作揉圓的的露露對上我的目光後害羞地微微一笑。

自聖留市出發後的第八天早晨，我們造訪了陶藝工房。

工房老闆僅教會我們轆轤的使用方式和基本流程，之後便交給貓人奴隸們負責，自己則是跑去做自己的工作了。

初學者一下子要做出小瓶子太過困難，於是便讓大家先從茶杯開始挑戰起。

剛才波奇和露露那可愛的模樣便是其中的一幕。

「想不到還挺困難的呢。」

「離心力很難計算——這麼報告道。」

莉薩和娜娜因無法順利成形而費盡苦心。儘管到中途都很順利，但在最後的階段卻似乎都會塌掉。

另一方面，蜜雅似乎在精靈之村有過陶藝的經驗，於是正在指導娜娜和莉薩。

「這樣。」

「蜜雅，希望進行言語上的補充。」

「這樣呢。」

理論派的娜娜對於蜜雅惜字如金的教導方式感到困惑，但實踐派的莉薩卻好像沒有問題，很快便完成第一件器皿。

莉薩望著自己製作的茶杯瞇細雙眼。雖然杯口很大，怎麼看都像是一個碗，但既然她本人這麼認為，就不要潑冷水好了。

對那副模樣感到莞爾的同時，我一邊繼續進行作業，然後對一旁製作奇怪物件的亞里沙出聲：

「然後，亞里沙妳在捏製什麼？」

「那還用說，當然是模型人偶了。」

「休想。」

詭異的物體被我一拳擊潰。

「啊啊——再一下下『心愛的主人像』就可以完成了！」

「禁止製作違反公共秩序和善良風俗的東西。」

我抹殺了亞里沙的抗議。倘若製作的物體並非我的裸體像或許還可原諒，像那種奇怪的東西根本不能讓它存在。

「……唉，只差用想像的把下半身做出來而已。」

不理會哀嘆的亞里沙，我繼續進行作業。其他人都在製作自己使用的茶杯，唯獨我一個人正在做魔法藥用的小瓶子。

我所使用的黏土，是在貓人奴隸們準備的黏土中，加入了在旅館調配而成的小瓶子專用藥劑。由於機會難得，我便在藥劑中使用了老魔女告訴我的祕傳配方。

在小瓶子製作超過十個之際，我終於完成了最佳化。

大致上就像這個樣子——以大拇指用力按壓少量的黏土，一個動作製作出小瓶子的瓶底。然後搓揉一下手中的黏土使其變成均等的帶狀，就這樣像旋轉般安放在瓶底上，製作出小瓶子的原型。

接下來只要用手指塑型，旋轉轆轤就完成了。

如此俐落的動作當然也都是拜技能所賜。由於在用黏土製作第一個瓶底時獲得了「陶藝」和「黏土工藝」技能，我便立刻將技能點數分配至最大值。

儘管最快每六秒左右可以做出一個，但太依賴技能而突破人類極限的話很可能會引來不必要的麻煩，所以我便很自重地控制在每分鐘製作一兩個的程度。

即使如此，也無法隱瞞成品的高品質，每個小瓶子都像分毫不差的工廠製品那樣品質均一。

確認紀錄後，我獲得了「陶藝家」的稱號。

「客人，黏土還習慣嗎？我自己的作業已經結束，現在有空傳授你一些竅門——這是什麼啊？」

身後帶著徒弟的工房老闆親切地這麼開口，但在見到地板上擺放的無數小瓶子後卻驚訝得叫了出來。

從工房老闆的反應看來，我好像還不夠自重的樣子。

「好厲害，根本不像是這麼短時間內做出來的完成度。這樣一來，素燒之前完全不需要修胚了呢。這位客人，你該不會是哪裡來的著名陶藝家吧？」

「不，只是年輕的時候稍微愛好此道罷了。」

其實剛才在獲得技能之前我從來未接觸過轆轤，但真話有時候挺傷人的，我於是交由「詐術」技能自由發揮。

「像這種薄度的話，在這種季節也只要乾燥個五天就能入窯素燒了。」

不斷讚嘆的工房老闆，這時喃喃說出令我意外的這句話。

——你說什麼？

「竟然要過五天才能燒製嗎？」

「嗯嗯，較厚的陶器可是得乾燥一小月左右，否則燒製途中會裂開。」

本來打算在今天之內完成的啊。

——對了！既然原因出在於黏土中的水分，只要想辦法解決就行了吧。

我以水魔法的「強制乾燥」作為藍本改良咒語。一口氣蒸發水分的瞬發型「強制乾燥」，被我改成了慢慢將水分排出器皿外的持續型。

在分時處理方面，則是沿用了幫亞里沙製作的「除蟲」魔法的維持程式碼。

被工房老闆和徒弟搶走學生的蜜雅看起來很空閒，所以我請她試試完成的魔法。由於改良時只講求效果，所以咒語在很多部分都非常彆扭，但蜜雅卻毫不在意地進行嘗試。

「……■■■　黏土乾燥。」

小瓶子外滲出水滴並逐漸流下。不過，或許是未拿捏好溫度，小瓶子在咒語效果結束前便出現了裂痕。

我再度從水魔法的「保濕調整」咒語中擷取測量濕度的程式碼，改良為到了一定的乾燥程度後便停止魔法。

這樣一來便很順利地完成乾燥過程，但所需的魔力量太多。照這個樣子，讓蜜雅烘乾二十個瓶子後魔力便會耗盡。

這時我改變想法，選擇不將一切交給咒語判斷，而是由術者自行判斷乾燥時機。所幸「陶藝」技能會告訴我適當的乾燥度為何，所以沒有問題。

將乾燥對象變更為範圍的「黏土乾燥．改二」經蜜雅使用後，烘乾了小瓶子。

「哦，居然有這種魔法啊。小姑娘年紀輕輕的真是厲害。」

「嗯。」

被工房老闆稱讚的蜜雅挺起胸膛。

由於新魔法使得乾燥提前完成，於是便得以和工房老闆的作品一起進行燒製。

素燒會持續到傍晚為止，所以剩下的部分就要等到明天了。順帶一提，釉燒的話似乎要花一整天的時間。

儘管驚訝於比想像中要花更多時間，我仍讓大家將器皿放在窯爐裡，然後觀看了窯內點火的過程。

「哦——比想像中更花時間呢。一開始淋上釉藥直接釉燒不就好了。」

「真是個急性子的小姑娘。很多工房也都略過素燒步驟，但這樣一來黏土殘留的水分就會從內部溶解釉藥，使得發色走調哦。魔法藥用的瓶子得讓專用的釉藥均勻分布，不然魔法藥就會快速劣化，所以素燒是必要的。」

聽見亞里沙的牢騷，工房老闆這麼詳細地說明。

——奇怪？從剛才的話聽來，我那些用魔法完成的小瓶子豈不是不用素燒了嗎？

儘管察覺到這點，但如今也不好意思請對方中斷，我們就這樣離開了工房。

從白天起，我們便開始遊歷在酒館打聽來的觀光景點。

「好大～？」

「有兩個莉薩大喲。」

小玉和波奇興奮地仰望著建造於公所前方的銅像。

「妳們兩個，這是在王祖像的面前，不要太吵鬧了。」

「系。」

「是喲。」

我這麼告誡後，小玉和波奇都用手摀住嘴巴做出打叉叉的形狀。

「不過，就算是偉人也太誇張了吧。」

「嗯。」

如亞里沙所言，王祖像的高度有三公尺以上，使得其手中的大劍看起來就像普通的單手劍。

銅像前有詩人在歌詠王祖的英雄事蹟。

其中有許多可信度超低的情節。例如在被多數魔物包圍的情況下，聖劍光之劍竟分成十三片刀刃飛在空中迎擊。鎧甲會自己活動，保護睡覺的王祖不受殺手的襲擊。還有騎著天龍以及降服的魔族作戰之類的。

由於是歌頌建國英雄的歌謠，難免會有許多誇飾的成分。

不知不覺中，詩人的美聲吸引了一大排人牆。

不久，歌詠結束，我將幾枚貨幣丟進詩人放在腳邊的帽子裡，不吝惜地給予掌聲。

這般和煦的氣氛，卻被一個男人的謾罵聲破壞了。

「嘿——！你們這些愚民！給我滾開！」

人牆分開後的道路上，一個貴族模樣打扮的男子踩著緩步慢慢離去。

「明明是貴族卻不坐馬車，真是稀奇的傢伙。」

「大概是沒落貴族吧。之前在酒館看到過哦。」

「那個男人居然是貴族嗎？那麼主人您或許應該小心一點比較好。」

莉薩的這句話令我臉上浮現問號。

「您大概忘記了，他在聖留市打算把螞蟻的魔核——」

莉薩一說到這裡，我就想起來了。是那個時候的小痞子嗎。還以為他在賽達姆市的公所找到了新工作，結果所屬還是「無」。莫非在面試就被刷掉了？

話說回來，我從以前就不會去牢記毫無興趣的人是何長相，但會忘得如此徹底還真是異常。明明就未持有「遺忘」技能，智力值也很高，記性應該不錯才對……

唔，可能就是因為智力值太高，為了不讓「可有可無的事情」妨礙到平時的處理而整頓了一番吧。

要比喻的話，就像電腦的壓縮檔那樣吧？

儘管是毫無根據的假說，但我更不願承認自己年紀輕輕就得了健忘症，於是這麼認定。

於是，讓愉快的觀光之旅掃興的事僅此一件，之後我輪流將年少組扛在肩膀上，一邊參觀許多的場所並享受了異世界的名產。

◆

隔天——自聖留市出發的第九天中午過後，我們再度造訪陶藝工房，為已經完成素燒的器皿上釉。

或許是蜜雅的魔法效果出眾，沒有任何小瓶子在素燒當中裂開。

在上釉的時候，由於已經預料到工房老闆會提出釉燒前需要幾天乾燥時間，所以這次我利用昨晚先做好的「釉藥乾燥」咒語在短時間內烘乾並開始進行釉燒。

我們幾人就這樣遊山玩水地在市門附近的市場裡閒逛著。

「喂喂，這裡有沒有可以撿便宜的繪本？」

「繪本倒是沒有呢。這邊的哲學書籍或手記怎麼樣？」

相貌奇異的矮小男子並未回答詢問的亞里沙，而是向身後的我推銷道。

露天攤位上擺著幾本裝訂書籍以及十本用細線縫製的書。攤位旁還堆著用帶子捆起來的五疊紙堆。

「我可以看一下內容嗎？」

「當然，這是富豪的後人賤賣給我的某種研究書籍。以前曾經拿去給認識的學者和魔法使，結果沒有人願意購買，所以在這裡看看有沒有哪個好奇的人會上鉤。」

這個矮小男子並不適合做生意。這樣的說話方式，恐怕沒有人會買——

「怎麼了？寫了什麼有趣的東西嗎？」

亞里沙很感興趣地問道。

我感興趣的並非手上拿的書籍，而是隨意堆在攤位旁邊的那幾疊紙。

「那本書的話一枚金幣就行了。」

「市場行情」技能顯示僅為一枚銅幣的書籍，矮小男子竟胡亂開價。我於是拒絕道：

「只是字太難看嚇我一跳罷了。」然後轉而詢問一旁的紙堆價格。

「那些是一疊一枚銅幣。全部買下的話只算你一枚大銅幣。」

「我只是想拿來當作陶器的填充物，你這種價格倒不如改用木屑算了。」

「全部兩枚銅幣就好！快拿走吧，你這小偷！」

我從自暴自棄地大吼的男人手中買下紙堆，順便還用出清價購買了據說前代富豪所寫的研究書籍。他好像從第一天起就沒賣出任何東西了。

「買那麼多到底要幹嘛。」

「誰知道？」

面對亞里沙的問題，我回答自己也不知道。

事實上，我會購買這堆紙是因為「市場價格」技能的緣故。

不知為何，這堆紙的市場行情竟然顯示為「——」。會這麼顯示的東西，就只有萬納背包和儲倉內的聖劍等極小部分物品。

由於我在「市場行情」技能中還未看過超越兩百五十五枚金幣的物品，所以起碼價值應該在這之上才對。

剛才是抱著尋寶的心情買下，至於裡面寫了什麼則是接下來的樂趣了。

搞不好真的放了寶藏地圖也說不定。

我用「今後拭目以待」這句話誆住了逼問我為何購買的亞里沙，然後在小巷子裡將紙堆收進萬納背包後前往下一家露天攤位。

「主人，捕捉到了神祕的旋轉體。請求提高警覺。」

牢牢抱著我手臂的娜娜，指著其中一間攤位這麼說道。

娜娜的臉湊得好近。蜜雅見狀隨即鼓起臉頰。

「姆。」

「喂——不好意思～好了好了，你們兩個快分開～」

亞里沙用好事的中年婦女般口吻自後方強行擠進來，將娜娜從我身邊拉開。

娜娜看到的是陀螺。陀螺上半部發光的紅色殘影令人側目。

「這位出手闊綽的小少爺，要不要來一件王都的魔法道具啊？」

和我對上目光的老闆出聲這麼招呼。他趕走那些在攤位前圍成人牆的小孩子，好讓我們幾人得以靠近。

客人和看熱鬧的人待遇自然不同，但被趕走的小孩子也挺可憐，我於是說了一句「抱歉」向他們賠罪。

「這是陀螺嗎？」

「沒錯，不過並非普通的陀螺哦？」

輕輕一笑的男人用雙手捧著陀螺。其上方的溝槽有紅光在流動著，下一刻陀螺便自己旋轉了。

「這可不是騙人的把戲哦？小少爺您不妨也注入魔力看看。」

透過ＡＲ顯示我已經知道這不是騙人把戲，但既然有這個機會就轉轉看吧。順帶一提，陀螺的正式名稱似乎是「旋轉圓盤」。

我在留意不損壞陀螺的情況下一邊注入魔力。注入大約一個點數的魔力值後，明明拿在我手中卻自中心部位開始旋轉了。手一旦放開，外側又開始往內側的反方向旋轉起來。

構造大概就像是使用魔力的馬達一樣吧。

利用這個陀螺的架構，或許可以做出攪拌機之類的東西。

我手邊的魔法道具書籍並沒有記載馬達之類的迴路，所以應該是這個陀螺的製作者所獨創的。

「非常有趣呢。我要買兩個。多少錢？」

「原本每個是兩枚半金幣，既然您購買兩個總共四枚金幣就好。」

很符合行情的價格。以玩具來說很昂貴，或許因為這樣才給折扣的吧。

我將兩個陀螺殺到三枚金幣後購入。購買兩個的原因是一個打算用來拆解確認，另一個則是備用。

取出金幣的同時，我不抱期望地打聽製作者是誰，對方卻很爽快地告知了。據說是王都一位叫賈哈德的老博士製作的。

他好像因為專門製作一些無用的魔法道具而聞名。

露天攤販逛著逛著肚子有點餓，於是我們便購買了聞起來很香的賽達姆市名產「御燒」邊走邊吃。

這是一種用小麥粉揉製烤成的薄皮包入醬菜等配料，類似包子的食物。雖然裡面只有蔬菜，但獸娘們也大為讚賞。

不經意一看，莉薩的目光正盯著烤雞肉串的攤位，我便拿出零錢讓她去幫想吃的人購買。

就在享受這樣的點心時間之際，我的視野角落映入了藍色光點。

從雷達的位置來看，是街道一帶。見到這個代表認識之人的藍色光點，我還以為是潔娜追來，但似乎是我誤會了。

這個光點代表的是魔女的徒弟。

她乘坐在四具活鎧甲護衛之下的馬車正往賽達姆市這裡接近。

還以為她們會在最近的諾奇鎮，或是從諾奇鎮往北繞的庫哈諾市交付魔法藥。

由於馬車的貨物是魔法藥，大概是為了交貨而造訪這裡吧。

專程來到這麼遠的賽達姆市交貨實在意味不明，但想必一定有什麼理由。

既然急需魔法藥的理由為「大批狗頭人襲擊領內的銀山」，說不定就因為這樣才選擇距離銀山最近的賽達姆市作為交貨地點吧。

——這麼說，之前在岔路被埋伏的對象就是魔女的徒弟嗎！

我再次確認地圖。

馬車已經越過與岔道的匯合地點，岔道附近停留著狀態為「骨折」的惡漢們。

大概是被魔法和活鎧甲擊退了吧。

雖然發現得有點晚，但既然知道魔女的徒弟來到了這附近，我便前往市門打算與對方見面。

「怎麼了嗎？」

「嗯嗯，我想去接一下認識的人。」

「認識的人？」

「嗯嗯，之前不是說我造訪過森林深處的魔女之塔嗎？」

「咦？所謂的魔女之塔，不就是有漂亮大姊姊的那個店鋪名稱嗎！」

和亞里沙這麼聊著一邊前往市門的途中，我發現雷達顯示的光點出現不尋常的動態。惡漢們似乎從岔道的方向移動，正在追逐魔女的徒弟所駕駛的馬車。

「動作要快點了。對方好像正在被壞人追趕。」

這麼告知後，我便前往市門。莉薩抱著亞里沙，娜娜則是抱起蜜雅跟在我身後。

「呀——！波奇、小玉，放我下來～」

「在搬運喲。」

「搬運露露～？」

身後的聲音讓我驚訝得回頭一瞥，只見波奇和小玉兩人一起當馬把露露架起來載著跑。

糟糕，早知道就吩咐其他腳程慢的人之後再慢慢過來就行了。

市門外發生了騷動。

豹型魔創生物所拖曳的馬車似乎被惡漢們追上，戰鬥已經開始了。

手持刺叉般棍棒的四具活鎧甲排成一列予以迎擊。

魔女的徒弟則是使用「土魔法」將直逼而來的惡漢們一網打盡。

明明距離市門這麼近，卻沒有任何門衛出面。

不僅如此——

「喂！那個魔法使！賽達姆市附近禁止使用魔法。要是害行人受傷怎麼辦！」

——居然還喊出這種蠢話來干擾徒弟的行動。

好幾名士兵想到市門外阻止騷動，但剛才看似是隊長在大叫的傲慢騎士卻制止了。

這傢伙可能也被他們收買，或者根本就是同夥之一。

我吩咐娜娜保護好露露和蜜雅，自己則帶著獸娘們前往馬車。事先還拜託亞里沙應付騎士以及用精神魔法操控現場的氣氛。

「莉薩、波奇、小玉！別讓惡漢接近馬車！」

不待她們回答，我立刻衝向了馬車。

「你們這些人！要是參與騷動就把你們一起關進牢房——」

話說到一半，騎士就像貧血一般倒地了。周遭的士兵們儘管呼喚著「隊長」但卻沒有任何人上前救護。可想而知他平常有多麼不受歡迎了。

亞里沙還故意和露露聊道：「哎呀呀，是貧血嗎？」然後乘著對上我的目光之際向我拋出一個「大功告成」的眼色。

亞里沙大概是用單一對象的精神魔法「精神衝擊打」讓對方昏迷的吧。

察覺到我們衝過來，坐在徒弟頭頂的圓滾使魔「毛球鳥」發出了「咕嚕波」的警戒聲。

「我來幫忙的。」

「是……是你！那個擁有精靈大人鈴鐺的人！」

「——我叫佐藤。」

我向徒弟伊涅——她全名叫什麼？總之就是向小伊報上名字後，便開始幫忙擊退惡漢。

多虧事先排除了礙事的騎士，門衛也趕來支援了。

「這裡交給我們，快進去都市吧。」

看似門衛副隊長的男性向小伊這麼告知，然後前往逮捕惡漢。面對公僕的參戰，惡漢開始變得退縮。

小伊的馬車駛過我們身旁，和活鎧甲們一起進入了市內。

或許是領悟到行動失敗，幾乎所有的惡漢都三三兩兩地逃入森林裡。有幾名惡漢仍拚命追著馬車，但都被獸娘們瓦解行動能力了。

將被捕的惡漢們交給門衛處理後，我們回到了市內。

越過市門之際，前方傳來重物的衝撞聲和許多物品破碎的連鎖聲響，然後是小伊的悲鳴。

我急忙穿過市門一看，映入眼簾的是載有圓木的載貨車台自左右方撞上了小伊的馬車，

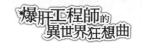

被圓木所擠扁的活鎧甲，以及被活鎧甲壓碎的「裝有魔法藥的木箱」慘不忍睹的模樣。

木箱中噗答噗答地流淌出液體……

來製作魔法藥吧！

「我是佐藤。滿多電腦遊戲裡都可以製作藥品。但大致上都是收集素材調配之後便完成一整瓶成品，所以每次看到配方時都會大叫：『瓶子怎麼來的啊！』」

「啊啊……魔法藥居然……！這樣下去的話，『幻想之森』就會……」

小魔女嘩啦啦地流下眼淚，然後像小孩子般「嗚哇哇」地開始哭泣。兩具待命的活鎧甲則是伴在左右兩旁彷彿守護小伊一般。

此時，駕駛載貨車台進行破壞的男人們也正好要逃跑。

「亞里沙，這孩子拜託妳了。」

「ＯＫ——！」

將事情交給回答乾脆的亞里沙後，我和獸娘們一起前往追捕逃跑的男人們。

「莉薩、波奇、小玉，妳們負責追趕逃到另一邊的傢伙。」

「了解！」

「波奇會努力喲！」

「小玉也會努力～」

波奇和小玉在圍觀民眾的腳邊靈活地穿梭，追上了正在驅趕民眾的男人們。

「掃腿喲！」

「制裁～？」

兩人將男人們拉倒在地，追上前來的莉薩則用力踩住男人們使其失去反抗能力。

我斜眼望著這一幕，同時以行雲流水般的動作繞至男人們的前方，用回頭瞬間的一掌將他們擊昏。

我們把抓到的男人們交給門衛副隊長。

「感謝各位的協助。」

「我們只是幫忙那位認識的少女罷了。」

我們請門衛協助，將圓木撞入馬車車台的載貨車台拉開。

「啊啊……亞布還有賽布——對不起，一定很痛吧。對不起……」

靠在軀體被壓扁而無法動彈的兩具活鎧甲身邊，小伊又開始哭了。

首先得確認現狀才行呢。

「伊涅妮瑪亞娜，別哭了——」

「這樣小孩子怎麼會停止哭泣嘛！」

亞里沙打斷我的話這麼吐槽道。

「人……人家才不是，嗚嗚……小孩子……嗚嗚……呢。」

小伊帶著哭泣聲一邊反駁亞里沙的發言，但完全沒有說服力。

「伊涅妮瑪亞娜，先來確認現狀吧。魔法藥有幾瓶完好的？還有馬車能不能動？這兩點必須先確定才行。」

「嗯……嗯嗯……我叫加布和羅布把箱子拿下來檢查。」

儘管還有斷斷續續的哭腔，但小伊已經停止哭泣，指示兩具完好的活鎧甲將裝有魔法藥小瓶子的木箱放在地面。

我和亞里沙合力清點的結果，得知三百瓶當中有一百八十瓶的小瓶子破裂，內容物隨之流出。

我假裝確認破掉的小瓶子，私底下偷偷將破裂的瓶底及木箱中剩餘的魔法藥回收至儲倉的「魔女」資料夾中加以保管。總共大約四十瓶的分量。

馬車下方的地面長出大量雜草，恐怕是吸收了一百四十瓶魔法藥的緣故吧。

馬車的側板雖然損壞，但似乎還能順利行駛，所以我決定前往市政廳的收貨人那裡。主要是為了先交付完好的魔法藥，再確認剩下的部分是否可以寬限幾天。

我也陪伴著小伊一起前往市政廳。畢竟我還不至於無情到放任自己認識的小孩子不管。

話雖如此，就算不認識，被對方那麼不安的眼神所注視的話，總覺得自己終究還是會多管閒事。

「亞里沙，跟我一起走。至於各位，有事情要拜託妳們——」

我僅帶著善於交涉的亞里沙前往市政廳，其他人則是為了預防最壞的事態發生，事先交代了她們幾件事情。

◆

「——事情經過我知道了。只不過，盟約終究是盟約。本日的日落之前還是要請妳交付三百瓶魔法藥。」

「怎麼這樣……」

在市政廳的一個房間內說明原委的小伊，卻遭到擔任太守輔佐官的銀髮男性冷冷地這麼告知。

順帶一提，輔佐官就坐在自己辦公室的椅子上，而我們所有人則被要求站著說明事情的經過。

為了不讓亞里沙被輔佐官的冷酷發言激怒，我從後方摀住她的嘴巴並抱進懷裡。

因為陪伴小伊來到同一個房間的我和亞里沙並未被允許開口發言。

儘管對輔佐官的發言有些疑惑，那種好像在什麼地方見過他的既視感卻更是讓我分心。

另外，這個房間裡還有另一個讓我在意的人物。

站在輔佐官斜後方，臉上帶著嘲弄般奸笑的便是之前那個小痞子。

——這傢伙怎麼會在這裡？

之前見到時明明穿著老舊的文官服，如今卻換上了格外氣派的貴族般服裝。與其說不好看，應該算是人配不上衣服吧。

「我可是很忙的，沒什麼其他的事情就出去吧。」

輔佐官冰冷的聲音，讓小伊的細肩微微顫抖。

亞里沙用手肘頂了頂我的腰部以催促我趕快行動。然後便前去安慰小伊。

說得也是，這時候必須有大人出面幫腔才行呢。

「請容許我發言。」

「閉嘴，平民！一個陪同的人開什麼口！」

明明是向輔佐官請求許可，小痞子卻擅自插嘴想要封殺我的發言。

小伊被小痞子的吼聲嚇得全身猛然一抖。亞里沙皺起眉頭似乎想要說些什麼，但我伸手制止了她。

倘若對這種人做出反應，和對方站在同一高度的話就算輸了。

如果在原來的世界裡，我或許會畏懼於這番暴力般的氣氛，但在經歷過差一點被蜥蜴人殺死，又與惡魔中的上級魔族展開生死鬥之後，對方在我眼中就跟小型的室內犬在汪汪叫沒有兩樣。

我毫不在意地注視著輔佐官，等待對方的回答。

＞獲得稱號「傲慢的馭狗人」。

＞獲得稱號「冷徹的談判者」。

見到紀錄中顯示的文字，我在心中反省著剛才的想法。

輔佐官伸出一隻手制止小痞子，然後抬抬下巴催促我開口。

「在剛才的事件裡，三百瓶魔法藥有半數以上的一百八十瓶已經破損。您現在是要求我們用某種手段籌措這一百八十瓶以交付規定數量沒有錯嗎？」

意即可以在市內購足剩餘的魔法藥——我打算從輔佐官那裡取得這樣的承諾。

「這我無法同意。」

沉思了好一會，輔佐官用冰一般的聲音否定道。

「這個盟約是『幻想之森』的魔女和庫哈諾伯爵之間締結的。允許交付的魔法藥只限於魔女所製作的藥品。」

老魔女提起盟約的事情時只說「交付特製的魔法藥」，應該沒有「禁止交付除她以外製作的藥品」之類的含義在內才對。

如今要交付的魔法藥，製作者的名字正是其徒弟小伊。

簡直就好像希望這次的交付失敗，讓「盟約」失效一樣。

——不，或許不是「好像」。

大概是出於習慣，輔佐官用手撥起那長長的銀髮。銀髮反射著窗外的陽光。

儘管非常俊美，不過卻是個男人。我一點也不會覺得高興。就像以前的少女漫畫角色的那種長髮。

不過，輔佐官剛才的動作刺激了我的記憶。

——怎麼回事？

將輔佐官身後的小痞子奸笑表情重疊在一起，我彷彿可以想起什麼。

而且輔佐官那冰一般的聲音也令我熟悉。

我到底在哪裡聽過？

……想起來了！這兩個傢伙就是我在酒館裡見到的那對沒落貴族搭檔！

既然如此，當時被我當作胡言亂語的內容就有了不同的意義。

這些人的目的是奪取老魔女的源泉，然後在那裡建設城鎮嗎？

無論可不可能辦到，應該可以當作這些傢伙已經實際開始行動了吧。

雖然在原來的世界裡也有一堆類似的事件，但我並不想看到那些幻想生物被趕走。

所以，在「詐術」技能與「交涉」技能的幫助下，我暗喻著輔佐官擅自追加條件一事進行質問。「判罪」技能也加油吧！

「『盟約』裡應該沒有這種條例才對。輔佐官閣下您知道是誰追加的嗎？」

「像你這樣的平民，怎麼會知道盟約的內容？」

「我曾受過魔女閣下些許照顧。」

帶著彷彿冰川裂開般沉重的語氣，輔佐官這麼質問我。

像那種事情，應該在我陪同進房間之際就要詢問才對。

藉助「無表情」技能，我阻擋了輔佐官想要試探我真正意圖的目光。

我保持著裝出的笑容，僅開啟一瞬間的「威迫」技能讓輔佐官膽怯。

那冰一般的美貌流下一絲的冷汗。

「……好吧。即使是和魔女的魔法藥相同效能的藥品，我也同意接受。」

低垂著頭的小伊這時抬起臉來。

不過，若直接按照剛才的那句話實在有點危險。

「輔佐官閣下，意思就是也接受同等以上效能的藥品嗎？」

「——同等以上？莫非你打算花大錢收購中級魔法藥嗎？」

對此，我只是微微一笑。

不同於下級，中級魔法藥的流通量很少，即使找遍整個賽達姆市，能夠收集到兩成左右的數量就要謝天謝地了。

而輔佐官想必也知道這個事實吧。

「哼，收集得到就儘管試試吧。只要是擁有同等以上效能的藥品我都接受。」

輔佐官用苦澀的表情就要叫我們離開。

然而，話題還沒有結束。

我在他的辦公桌上擺放兩張紙，快速地寫了一長串剛才所提到的條件。文章內容由於已經在交流欄的記事本裡寫好草稿，所以沒有任何的停頓。

不久，正副兩份文件書寫完成。或許是因為有「書寫」技能的輔助，字跡漂亮得完全不像是我寫出來的。

「剛才的內容我已經寫成書面了。倘若沒有出入，還請您蓋個章。」

沒錯，包括公司之間的事務也是一樣，嚴格禁止口頭約定。倘若不留下書面證明，就會演變成「我說了」、「你沒說」的各說各話情況，立場較弱的一方鐵定站不住腳。

尤其是像本次這種無法敷衍了事的案件，更需要這麼做。

「……書面？」

「區區一個平民，竟然信不過貴族的話！」

小痞子又很不長眼地插嘴，但我卻不予理會。

我交談的對象始終就只有輔佐官一人。

「輔佐官閣下您看起來很忙碌。交付藥品的時候若您不在，其他因疏忽而未接獲聯絡的官員就很有可能不願接收藥品。倘若因為這樣而超過時間，導致『盟約』無效的話，相信也不是輔佐官閣下願意見到的吧？」

輔佐官應該很想要讓「盟約」失效，但從立場上來說，他應該不可能在此處承認才對。

他美貌中帶著苦澀，在文件上簽名蓋章，然後又將兩張紙並排之後在中間騎縫處蓋章。

我自己由於沒有印章，所以便借用小伊的。這好像是老魔女讓她帶出來的印章。等到事情告一段落後，我也來幫自己做一個吧。

「這樣總行了吧。你們可以出去了。」

輔佐官如戴了面具般面無表情地將我們趕出房間。

離開辦公室時，身後傳來小痞子：「要是打算製作魔法藥的話就太遺憾啦！你們就整天花在找小瓶子上吧！」的叫聲，以及輔佐官訓斥對方多言的聲音。

……果然是為了這個目的而前往周邊城鎮回收小瓶子嗎？那種努力的精神多多用在其他方面吧。

帶著忿忿不平的亞里沙和一臉要哭出來的小伊，我們走出了市政廳外頭。

◆

「好，一百八十瓶魔法藥嗎。小瓶子的問題雖然稍微麻煩，不過距離日落還有些時間，應該會有辦法才對。」

「咦？要……要鍊成嗎？」

聽見我的話，小伊結結巴巴地這麼反問。一旁的亞里沙則是在地面畫了輔佐官的肖像並用力踐踏。

儘管小伊心存懷疑，但很遺憾沒有其他辦法了。

市售的下級藥不但缺貨，也無法用來代替魔女那些高品質的藥。

「是啊。一百個小瓶子我倒是有頭緒，但剩下的八十個又該怎麼弄到呢。」

「不過，應該會有辦法吧？」

「嗯嗯，大家正為此在街上來回奔走哦。」

亞里沙用信賴的表情這麼確認，與小伊的不安表情形成了對比。

「可……可是！就算有了瓶子！距離日落只剩下三個小時了哦？像那種魔法藥是用『魔女的大鍋』一整晚才做好的。就連事前的準備，我和老師也都花了一個月才完成……根本就辦不到啊——」

有些快要生氣的小伊淚眼汪汪地向上望來。彷彿立刻就要哭出來似的。

「不用擔心。我這位作弊級的主人一定會幫妳想辦法。」

——這種信賴感讓我很高興，不過能不能別用作弊這個字眼了？

這時，露露帶著波奇和小玉回來了。

「主人，已經確認過了。」

「謝謝妳，結果如何？」

「這個……」

露露所報告的結果並不如人意。

她們去向陶藝工房確認能否將小瓶子的燒製提前，然後再追加燒製一百個瓶子，但就算是最初的那一批似乎也要隔天早上才能出窯。

接著，前往市場的蜜雅和莉薩也回來了。

「佐藤。」

「主人，我們回來了。」

兩人背著的竹籠裡裝滿了看似香草和波菜之類的蔬菜。

這些是魔法藥的材料。作為藥效主成分的青艾草僅有十束，但其他素材卻有所需量的將近三倍。用剩的部分以後自行製作藥品時再來使用就行了。

最後是前往商會的娜娜回來了。

「這是在商會取得的體力回復藥用小瓶子二十五個，以及下級的體力回復藥二十瓶——親手交出去了。」

我確認從娜娜手裡收下的小瓶子。讓她購買下級魔法藥的目的主要是為了挪用小瓶子。

魔女的魔法藥基本上為下級魔法藥的改良版，所以可以使用相同的瓶子。根據鑑定結果，品質維持期間似乎比老魔女的小瓶子更短，但用在這次應該沒有問題。

倘若算入陶藝工房的小瓶子，只要再找到四十三個小瓶子即可，但如今再翻舊帳也沒有意義了。

「果然還是必須先解決小瓶子的問題才行呢。」

「討厭！所・以・我・說！根本就不是瓶子的問題！就算有了材料，有了瓶子，一樣還是辦不到的！」

聽見我的喃喃自語，小伊再度彷彿歇斯底里般大叫。

不，並非「彷彿」，而是徹底的歇斯底里。

「為什麼辦不到呢？」

「因……因為──」

我對上小伊的目光開口交談，以讓她冷靜下來。

或許是不善於表達，小伊只是不斷重複著「因為」二字。

其實現在本來應該就要行動，但瓶子的問題卻遲遲沒有著落。

我利用地圖搜尋針對市內尋找小瓶子和體力回復藥，但即使加上市內所有的數量也還湊不齊一半。

大概是太守在出征銀山的狗頭人之際就已經向市內徵用過了。

看似貴族宅邸的場所雖然有大量的小瓶子，但那無疑是輔佐官和小痞子所收集而來的。最後手段就只能從那裡借用了。

「因為，我……我的魔力不夠嘛。要是在『源泉』旁邊，很快就可以回復，但這裡根本不可能嘛。」

「邊做邊喝魔力回復藥就好了。」

不光是完成品，魔力回復藥的材料我也有很多。

「嗚……嗚嗚，那麼苦的東西……」

或許是看不下去小伊還在繼續抱怨，如帽子般靜靜待著的毛球鳥突然發出「咕嚕波」的怪聲，然後啄了一下小伊的額頭。

「好痛。」

相較於發出悲鳴的小伊，我家的孩子們卻是很開心。

「嗚哈！原來那不是帽子嗎？」

「主人，在此申請保護這個球體。」

亞里沙和娜娜的反應尤其明顯。當然，娜娜的申請我駁回了。

這個毛球，記得應該是魔女的使魔吧。

——說不定……

「伊涅妮瑪亞娜，妳可以透過這孩子和魔女交談嗎？」

「啊，嗯，可以哦……莫非要說我失敗的事情嗎？」

果然是小孩子的反應，但既然事關「幻想之森」的存亡，我就必須向老魔女進行「報告．聯絡．討論」三步驟了。

「並不是這樣哦。我有點事情想和魔女閣下商量。」

「……嗯，知道了。波嗚過來。」

原來毛球鳥的名字是取自於牠的叫聲嗎？

「■■　呼叫。」

小伊唸出簡短的咒語後，毛球鳥的氣息驟然一變。「咕嚕波」的叫聲依舊，但卻帶著一種深邃的知性。

「這樣一來老師就聽得到了哦。不過另外一邊是無法說話的。」

要是將鸚鵡之類有聲帶可以說話的生物作為使魔，大概就能辦到了吧。我於是在地面書寫「是」和「否」以進行溝通。

我先進行了狀況報告，然後告知幾個預定的行動。

接下來，我又確認庫哈諾伯爵本身是否有可能參與本次的陰謀。

回答為——「否」。

既然如此，就是輔佐官單獨的計畫嗎。

畢竟這個賽達姆市的太守已經率領騎士團前往那座銀山支援，而庫哈諾伯爵本人又遠在庫哈諾市。

要是能夠請伯爵掣肘輔佐官的話就輕鬆多了……

為保險起見，我再次確認當本次的「盟約」失效之際，輔佐官能否對「幻想之森」進行他們所盤算的計畫。

遺憾的是，回答為「是」。

光是「是」和「否」的話無法得知詳情，但這樣一來也確定只能在時間內交付剩下的魔法藥以達成「盟約」一途了。

我再向老魔女確認幾件事情後，便結束了通話。

完成對老魔女的報告、聯絡和討論後，我讓小伊和大家一起面對面然後回到準備魔法藥的話題上。

「那麼，關於小瓶子的問題……」

「這邊這～邊！包在亞里沙身上吧！」

亞里沙像個小學生一樣伸直了手。那打直身體蹦蹦跳跳的模樣與外表十分相配，看起來很可愛。

「妳有什麼點子嗎？」

「嘿嘿～想知道？是不是很想知道？」

「別賣關子，快點講吧。」

亞里沙將手背在身後，目光由下而上望來。我捏著亞里沙笑嘻嘻的臉頰以催促她趕快開口。這臉頰還真有彈性。

「登等，不要蔗樣嘛～」

「啊啊，抱歉。自然而然就——」

「真是的！就是村子啊。我們之前發現的那個廢村哦。」

說到這個，廢村的後山好像有個未損壞的窯爐吧。

「不過，現在燒製的話趕得及在日落前完成嗎？」

倘若來得及，在陶藝工房早就能獲得一百個小瓶子了才對。

「關於這一點，就要期待主人的超級密技了哦。」

也就是毫無計畫嗎。還是找個比較懂的人問問有沒有縮短時間的方法好了。

這麼想著，我打算前往陶藝工房之際，蜜雅卻簡短說了一句：「何澤。」

——何澤？不是蝦虎魚嗎（註：日文音近何澤）？……啊啊，是之前救出的鼠人吧。

對了，之前從他那裡獲得了關於陶瓷器的筆記。

我取出那份用日語書寫的筆記，重新熟讀一次。

上面用細小的字跡記載了陶瓷器的作業過程與必要時間。而且甚至還詳細地寫明為何會進行該作業，又為何需要花費這些時間。

另外，文字難以敘述的地方或用具類更是附上了圖解。

真是太面面俱到，可怕極了。

彷彿一開始就確定要前往異世界，所以事先收集了原來世界的知識一樣。

……像這種事情，等有空之後再來想吧。

我在腦中整理閱讀筆記後得知的事項。

釉燒之所以費時，是因為時間都浪費在提昇或降低窯中溫度上了。

至於縮短這些時間的手段，在原來的世界裡便是使用微波將溫度急速提昇。

倘若有辦法用柴火以外、燃燒以外的方式加熱……

我沉入思考的底部搜索記憶。許多事情就像走馬燈一般浮現又消失。

——有了。有個可短時間加熱至足以融解銅鍋鍋底溫度的方法了。

我向一旁探出腦袋查看筆記的亞里沙點點頭。

「看來已經想到好方法了呢。」

「嗯嗯。不過，隨意使用廢村的設備沒問題嗎？」

「有什麼關係？反正感覺很長時間沒有人居住了。」

說得也是，貿然向公所申請許可也只會自找麻煩吧。

我在地圖上確認位置。由於中間有一座小山，窯爐冒出的煙應該不會被發現吧。

「很好，那麼就出發吧。」

我向大家這麼宣布，在分頭準備好所需的追加用具之後，便一起前往廢村。
雖然還不知道有沒有時間降低窯爐溫度，但若沒有意外應該來得及才對。

◆

坐上小伊的馬車，我們來到了廢村。
速度是我們馬車的兩倍，卻沒有產生什麼振動。
「呼，真厲害呢。懸吊系統是用了什麼？」
「什麼叫『懸吊系統』？」
「就是怎麼吸收馬車的衝擊力？」
「誰知道？」
亞里沙在下車的同時一邊這麼詢問小伊。
然而，小伊卻只是拚命搖著頭。這恐怕是老魔女製作的吧。
我們將馬車停在廣場，然後卸下用具。
「露露、娜娜、亞里沙，妳們三人前往窯爐做準備，負責打掃窯爐還有清除周遭的雜草以防延燒。有空的話再麻煩打掃一下破損較輕的窯爐，我想要用來做實驗。至於其他的人就和我一起去收集黏土。」

聽了我的指示後，大家便俐落地開始行動。小伊則是看起來有些緊張。

我們從廢村之前用來採集黏土的場所取土。由於獸娘們相當賣力，很快就收集到大桶子一半的量。這樣應該夠用了。

對於不習慣勞力作業而快要累倒的蜜雅，我摸了摸她的頭，轉而向小伊出聲：

「伊涅妮瑪亞娜，妳對這些泥土施展一下『泥化』。」

「嗯，知道了。」

在小伊的魔法下泥化的黏土，我用網眼較大的篩子加以過濾並流入另一個桶子。這麼做是為了清除黏土中的石子和樹根。

原來的桶子和篩子上留有許多石子和樹根。其中也包含了看似美麗的寶石原石。

我將小瓶子用的藥劑均勻地混入這些泥巴。當然，我用的是老魔女的特製配方。

「接下來麻煩施展『黏土化』。」

「啊，嗯，等……等我一下。」

由於小伊似乎想不起咒語怎麼唸，所以我打開土魔法的魔法書讓她閱讀。

「嗚嗚！我只是有點想不起來而已，以前早就學過了嘛……」

喃喃說著這樣的藉口，小伊最後還是唱出了咒語。她的魔法讓泥狀的土重新還原至黏土狀態。

我將黏土拿在手上觸摸。或許是用魔法還原的緣故，黏度相當均勻。而且由於一度泥狀化的結果，使得內部的空氣也被擠出來了。

根據陶瓷器筆記描述，原本還需要揉麪法以調整硬度，然後再以菊花練土法排除內部空氣。但多虧了兩個土魔法的作業，讓這些過程都省略了。真是令人欣喜的誤算。

據筆記的記載，練好的土若不靜置一段時間就會變得乾乾的，但如今觸感上卻和陶藝工房所使用的黏土沒有兩樣。這或許也是魔法的效果吧？

這種事情無關緊要。由於時間寶貴，還是進行下一個作業吧。

「各位，請捏成這樣大小的黏土球然後擺放整齊。」

我向大家出示黏土球的範本並讓她們開始作業。

而我自己則放妥萬納背包裡取出的轆轤和作業用椅子並做好準備。同時還把涼席交給莉薩請她鋪好，以用來擺放完成品的小瓶子。

「圓滾滾～？」

「這個是主人的，這個是波奇的，接下來要做小玉和莉薩的喲。」

「姆。」

「當然，也會做蜜雅妳們的喲？」

小玉和波奇開心地製作黏土球。小伊和蜜雅也默默地進行型搓圓作業。

大約完成一百五十個黏土球後，我便進入小瓶子的成形作業。

「莉薩，拜託妳負責把黏土球遞給我。」

「是的，知道了。」

其流程就和在陶藝工房做過的事情一樣，所以並不需要猶豫。一邊回憶著在工廠流水線上打工的日子，我持續進行成形作業。

「主人，黏土用完了。」

莉薩這番些許疲累的聲音讓我回過神，只見數量驚人的小瓶子黏土已擺放整齊。

中途似乎有小玉前來幫忙排列小瓶子。大略清點後有四百個以上。之後詳細計算的結果，一共竟有四百五十三個。做得太多了。

好，接下來是乾燥作業。

「拜託妳了，蜜雅。」

「嗯。」

蜜雅對成形完畢的小瓶子施展「黏土乾燥：改三」的魔法。

為了讓魔法便於施展，小瓶子以五十個為單位隔出了間隙。

大約烘乾三次左右，蜜雅的魔力便剩下不到一成，於是我遞給她「魔力回復藥：蜂蜜口味」。

蜜雅帶著厭惡的表情「啵」地一聲打開軟木塞般的瓶栓。蜂蜜的優雅香氣微微散發出來。

「蜂蜜？」

「嗯嗯，我試著降低了一些苦味。」

蜜雅忐忑地將其放到嘴邊，然後咕嚕嚕地一口氣喝光。那意猶未盡的表情看來是改良成功了。

「好喝。」

似乎很合她的口味，真是太好了。雖然效能有所降低，但蜜雅的魔力已完全回復，所以應該沒有問題。

在蜜雅施展魔法的期間，我將調配完成的釉藥分裝在好幾個小桶子裡。

「各位，接下來要上釉。請小心作業，不要塗得太多或是掉進桶子裡了。」

我將刷子發給大家，請她們幫忙上釉。由於今天上午才在陶藝工房裡做過，所以看起來並無問題。至於小伊則是拜託波奇和小玉幫忙給予指導。

「奇怪？會不會太快了？」

「嗯嗯，多虧伊涅妮瑪亞娜的魔法比想像中方便許多，才能成功縮短時間哦。」

在窯爐前，亞里沙用濕毛巾擦拭臉上的黑炭。

這時候，娜娜和露露從窯爐的另一邊回來了。

「主人，作業完成——這麼報告道。」

「這邊也結束了。」

兩人打掃完窯爐後，好像還一併清除了周邊的雜草。

「各位，辛苦妳們了。變得很乾淨哦。」

慰勞了大家的辛勞之後，我拜託露露用水清洗市場買來的香草類材料，至於其他兩人則是請她們前去幫忙上釉作業。

我鑽進窯爐內以確認內部的強度。或許是「陶藝」技能的緣故，光是「叩叩」地敲打內壁，我便可輕易得知窯爐的狀態。

比想像中還要牢固。這樣一來應該不至於燒到一半壞掉吧。

我來到外頭，開始製作縮短窯爐昇溫時間的魔法道具。

以之前製作失敗的熱水器迴路作為基礎，我使用托拉札尤亞先生的資料中所提及的架構予以強化。

然後在鍛冶工房購買的手掌大小青銅板上製作加熱迴路。

這些一共製作了十二塊。

由於這樣的話很難開始同時加熱，於是我在將木板疊成馬蹄形的台座上刻畫傳導用迴路。把青銅板裝上台座後便大功告成。

貿然燒製的話有點害怕，我便決定用壞掉的窯爐進行實驗。

將加熱用的魔法迴路設置於窯爐內，再把作為燃料的柴火排列於加熱迴路旁邊。由於很費事，我便將整捆柴火直接擺上去，然後灑上木工工房獲得的木屑作為點火之用。

擺放陶瓷器的場所，我則是放上儲倉內的素燒盆。

接著注入經調整過後不至於燒毀加熱迴路的魔力。

加熱迴路發出鮮紅的光輝，短短數秒周遭的柴火便開始燃燒。那猛烈的火勢令我冷汗直流。

——這該不會爆炸吧？

懷著這樣的不安，我持續關注窯爐。

儘管沒有爆炸，但猛烈上昇的溫度卻導致內部產生異樣的氣流。幸好柴火是整捆放進去的。要是散落在各處，燃燒的柴火就會在內部亂飛了。

我透過ＡＲ顯示確認窯內溫度，在判斷可到達燒成所需的溫度時便中斷實驗。

接著將魔法迴路收進儲倉，進行滅火作業。

由於直接潑水會導致水蒸氣爆炸，所以我乖乖用土掩蓋。

確認魔法迴路的結果，不僅迴路本身，就連青銅板周邊也融解了。令我意外的是，作為台座的木材僅有焦黑而已。

雖然無法維持長時間，但只要能撐到初期的昇溫完畢為止即可，所以就用這個吧。換成鐵板雖然更能耐熱，但魔力可是會擴散呢。

剛才產生的內部氣流，我認為是急遽的溫差所導致。

為解決這個問題，我決定增加加熱迴路的數量，同時安裝在窯爐的牆壁和天花板附近。雖然接著劑可能會在中途融解，但以角鐵補強的話，直到燒毀掉落前應該都沒問題才對。只要不掉在小瓶子上就好了。

我安裝新的魔法裝置並擺好燃料。

上釉完畢的小瓶子請蜜雅使用「釉藥乾燥」的魔法烘乾後，我將其擺放在窯內。考慮到破損的可能性，我決定多燒製一些，大約是兩百個左右。

「哇啊，真的完成魔法道具了。那邊的窯爐的燒製起來還順利嗎？」

「嗯嗯，我原本想製作一種類似微波爐的設備，但沿用既有架構的話太過困難，所以這次就先放棄了哦。」

一邊準備點火，我這麼回答一臉傻眼的亞里沙。

讓大家退下後，我對魔法道具注入魔力開始點火。確認柴火的燃燒狀態之後，我僅留下通風口並關上窯門。

為了不讓窯內產生像剛才那樣的猛烈氣流，我十分緩慢地增加注入的魔力量。

之後只要定期追加燃料就沒問題了。

「好，這樣小瓶子在三個小時後就會完成。接下來我們去採藥草嘍。」

「那……那個，主人，這裡還剩下許多未上釉的小瓶子……」

露露憂心地這麼提出忠告，但這些等藥草採集完畢後再處理也無妨。

為了不讓釉藥乾掉，僅用沾濕的布蓋在桶子上。

我帶著所有人，往利用地圖搜尋找到位於廢村後山的草藥叢生地。

由於要進入草叢裡，我便讓所有人穿上長袖長褲。

「總覺得這身打扮很老土呢。」

「是割草裝備喲。」

「鐮刀裝備～？」

「嗯。」

相較於發牢騷的亞里沙，其他年少組成員都背著竹籠舉起鐮刀擺出了架勢，一副心滿意足的模樣。

我挑選體力最差的亞里沙、露露和小伊三人在最靠近的叢生地採集，並留下娜娜作為護衛。儘管沒有危險的動物，但還是小心起見。

第二處叢生地位於後山的山頂附近，有史萊姆和蜘蛛型的魔物出沒，於是我們便事先解決掉那些可能會在採集時襲擊的敵人。

附近的水源處雖然還有史萊姆，不過有莉薩在一起應該不要緊。

我將這裡交給獸娘們和蜜雅，自己則是前往最後的叢生地。

山頂的叢生地無法用一般的方式抵達。越過裂縫和突出的岩壁後，那裡便是從未有人發現，甚至連草食動物也沒來過的藥草天堂。

不光是用於體力回復藥的青艾草，可製作魔力回復藥的紅褐籠紋草也存在叢生的集群。

我帶著喜上眉梢的表情採下藥草並收納在儲倉。

儘管已經忘記原因為何，但某本書上曾經寫過「採藥草的時候最好留下幾株」，所以我也一邊留意不要過於濫採。

花了三十分鐘左右，藥草終於採收完畢，我便挺起身子享受周遭的美景。

從這裡可以將賽達姆市一覽無遺。周邊應該還有其他村落，但都被森林的樹木所擋住無法看見。

我依序巡視一番，但由於除我以外的其他人都尚未採收完畢，所以只有帶著小伊一人回到了廢村廣場。

「用這邊的桶子清洗藥草。洗完後就堆到這邊的篩子上。」

「啊，嗯，知道了。」

我將清洗藥草的工作交給小伊，自己則是依序進行調配。

連同露露洗好的香草和波菜在內，我將藥草切成三公分左右的大小，然後用較大的藥缽和藥杵將其搗碎。

由於拚命在清洗藥草的小伊並未注意到我這邊，所以我便將處理完畢的東西直接收進儲倉。

處理完最後一份之後，我準備好鍊成板等器具並叫來小伊。

「妳坐在這裡。會使用普通的鍊成板嗎？」

「嗯，我會。」

「那麼，我來準備魔力的填充和材料，妳試著操作鍊成板看看。」

「嗯。」

用朱一祕藥製作的體力回復藥無法達到「高品質」。

不過，一旦使用的祕藥提昇至朱三等級，即使是五瓶同時製作的配方也能夠完成「高品質」的成品了。

之所以採用這種拐彎抹角的方式，主要是為了讓小伊的名字登記為製作者。利用鑑定確認後的結果，製作者的名字果真變成了小伊。

因為我將名字改為了空白，照道理就算是聯名製作的狀態也只會留下小伊的名字而已。

儘管已經讓輔佐官簽名蓋章，但我仍希望儘量減少被挑麻煩的機會。

經過好幾次的嘗試錯誤，我確認了將小伊的名字留在製作者當中的最低限度操作量，然後逐漸縮短鍊成時間。

由於大幅提昇了速度，在第二十次鍊成時，小伊的魔力便耗盡了。

我幾乎提供了所有的魔力，但唯獨最後的工程無論如何都需要小伊的魔力。

「魔……魔力，已經……」

「那麼就喝下這個吧。」

「咦，那個，這是很苦的——啊嗚。」

見到小伊吞吞吐吐地排斥著魔力回復藥，坐在頭頂上的毛球鳥啄了一下她的額頭予以訓斥。

小伊起初很不情願地喝下魔力回復藥，但在發現其中的甜味後便咕嚕咕嚕地一口氣喝光。

或許是對於甜味相當飢渴，她將小瓶子倒放「咚咚」地在手掌上敲打以舔取剩餘的液體。

「魔力回復了嗎？」

「啊，嗯。這個好好喝。」

「那麼，再接下去繼續吧。」

我從小伊拿著不放的雙手中取下小瓶子，然後繼續返回作業。

完成後的魔法藥我都直接收進儲倉，但為了怕小伊起疑，所以在空的燒杯裡裝滿從儲倉取出的水，然後再將這些水移至放在我身旁的小木桶裡。

「等……等……等一下，主人你們～？」

就在小伊完成第四十次鍊成之際，亞里沙、露露和娜娜三人帶著滿籮筐的藥草回來了。

不知為何，亞里沙一見到我們便情緒激動。

「歡迎回來，亞里沙。」

「我回來了——不對，不是這個！」

亞里沙指著坐在我大腿上的小伊這麼吼道。

或許是被來勢洶洶的氣勢所嚇到，小伊我往這邊靠緊了身體，但這卻使得亞里沙陷入更加呻吟的惡性循環中。

「不行哦，亞里沙。嚇到小孩子了。」

「主人，此行歸來——這麼報告道。」

回來的露露將亞里沙輕輕抱進懷裡勸說。跟在其身後的娜娜則是出聲報告。

「冷靜點。必須維持這種姿勢才能兩人一起錬成哦。」

「為什麼要兩個人一起啊！」

我向非常不能接受的亞里沙這麼解釋。

只是讓小孩子坐在腿上，應該用不著那麼小題大作才對。畢竟小玉和蜜雅她們也常常這麼坐著。

亞里沙聽了我的解釋後終於釋懷，於是我們再度開始錬成。

將收集而來的藥草放進萬納背包後，我讓三人先休息一會。

因為娜娜的表情儘管看不出來，但她比起亞里沙和露露的疲憊之色更加濃厚。

小伊也相當疲勞，但我叫她再多努力一下。就剩十次了。

休息完畢的露露和娜娜兩人，我拜託她們繼續上釉，並且將窯爐添加柴火的工作交給亞里沙負責。

畢竟剛才鍊成的期間都是我在分心照顧窯爐，實在非常累人。

就這樣，當獸娘們和蜜雅回來之際，原訂的五十次鍊成也完成了。

一共失敗四次，發生六次品質不足的狀況。但些許失敗也在我的預期之內。

「稍微休息一下吧。我去叫亞里沙過來，露露和娜娜妳們先製作點心。材料可以隨意使用萬納背包裡的素材。」

我向兩人這麼告知，然後前往確認窯爐順便叫亞里沙回來。

在中途，我先將上釉完畢的小瓶子和器具類用品收進儲倉。

「進行得怎麼樣？」

「嗯嗯，就差最後一步了。」

亞里沙這麼詢問正在確認窯內的我。

不知是因為初期的加熱非常順利，釉藥比較特殊，或者蜜雅的乾燥魔法奏效了，總之比預期中還要早完成。

確認主選單內的時鐘後，才過了兩個半小時而已。

「距離日落還有兩個小時，可以從容趕上——」

「不要說出來！」

話說到一半，亞里沙便伸出小手強行堵住我的嘴巴。

「真是的！像那種死亡旗標，幹嘛從自己口中說出來啊！」

啊啊，就是登場角色只要說「來得及」，中途就一定會發生什麼意外的魔咒吧。

為保險起見，我對輔佐官和小痞子做上記號以提防他們的妨礙行動。

我向亞里沙笑道：「是妳書看太多了吧。」

即使如此她似乎還是很擔心，於是我便牽著她的手回到廣場。

◆

吃完點心後，除了我、小伊和亞里沙之外的人都前往後山採集香菇和山菜。好像是因為回來的時候，蜜雅在路上發現了一大堆。

亞里沙因肌肉痠痛而無法動彈，小伊則好像是鍊成太累導致全身動也動不了。

試著讓她們喝下魔法藥後，亞里沙的肌肉痠痛已經消除，但卻表示在山裡已經走得很膩，於是我就這樣讓她和小伊一起在墊子上休息。

我自己則是因為魔力回復藥用盡而正在鍊成中。

另外也用生長於窯爐附近的「麻痺菇」和「笑笑菇」嘗試鍊成了麻痺劑和笑氣劑。前者記載於教科書當中，後者則是托拉札尤亞先生資料中的配方。

托拉札尤亞先生的日記裡寫著，在他逗留於迷宮都市的時期曾經以此擊退了入侵宅邸的賊人。

鍊成足夠的數量後，我便開始收拾用具。

雷達上出現了不速之客。那個記號代表的是小痞子。其周圍還有將近五十個男人。

我將這件事告訴其他兩人，並吩咐她們躲起來。

「伊涅妮瑪亞娜還有亞里沙，妳們乘坐在豹的背上躲進山裡。活鎧甲也一起過去比較安全。」

「等……等一下，我要一起戰鬥哦。」

「啊，嗯，我也是！這些孩子很強，可以像之前那樣狠狠修理他們一頓。」

不過，小女孩們卻滿心想擊退敵人。

既然以前訴諸武力失敗，對方想必已經有了什麼對策。

雖然很想在窯爐被發現之前把火關掉，但那可不是靠一個按鈕就能關閉的東西，所以無能為力。

我讓亞里沙和小伊前去將馬車藏在山腳處。

這段期間，我試著確認能否隱藏或對窯爐進行偽裝，但明眼人都看得出煙囪正在冒煙。

當。

這時候與其用彆扭的方式隱瞞，不如設法將小痞子他們的注意力轉向小瓶子之外比較恰當。

只要引誘得當，小痞子應該會被那些可以換錢的魔法藥成品所吸引才對。

我做了好幾項事前準備，最後與小痞子的團體碰上了。

「聽說烏凱村有可疑人物，所以就過來看看……沒想到居然是魔女的徒弟，還有想要跟著撿好處的平民小鬼啊～？」

小痞子用小痞子般的可憎口吻這麼糾纏道。

其身後將近有三十個男人手持武器待命中。兩個留在村子道路的出口，其他人則從森林的方向包圍了村子。

對方之所以沒有一擁而上，大概是顧忌那兩具活鎧甲和豹型魔創生物吧。

亞里沙好像還不要緊，但小小年紀精神層面還很脆弱的小伊卻有些恐懼。

「稱我們為可疑人物還真是遺憾呢。在城鎮裡鍊成的話氣味會影響到其他居民，所以才選在沒有人的地方進行作業哦。」

我這麼告知，然後指著一旁的小木桶。

這個木桶裡裝有小伊的失敗作加水稀釋後的液體。

「哦？這番用心真是令人欽佩，不過未經允許就使用村裡的設備，實在讓人不敢領教呢

～其實村裡的人找我申訴，說有可疑人物多次入侵要破壞村子啊。」

小痞子身後走出一名衣著簡陋的怯懦男子。男子的所屬和這個廢村的名字一樣。看來對方真的把村裡出身的人帶來了。

「既然你是村民代表，我就支付費用好了。這樣如何呢？」

我向村民這麼說道，而非小痞子。

「哎呀，現在是由賽達姆市在管理了。負責人就是本大爺。我想想，就拿這些剛做好的藥品當作補償好了？」

小痞子傲然地說著，同時將手伸向小木桶。

「啊啊！那……那是……」

誤以為裡面裝了真正魔法藥的小伊這時發出悲鳴。

——很好，上鉤了。

我的想法應該未顯露在臉上，但小痞子或許是出於直覺停下了手。

「喂，去搜搜附近的小屋。光是這一桶應該不夠。」

我裝出一副苦澀的表情。

「找……找到了！就藏在髒兮兮的涼席底下。」

小痞子的手下意氣風發地從小屋裡扛出了木桶。

「哼，一共是三桶嗎。分量倒是挺符合的呢。」

小痞子這麼輕聲嘀咕道。

——看樣子似乎會上當了。

「嗚啊啊啊啊，佐藤先生，藥全部都被拿走了。加布還有羅布，幹掉那些傢伙！」

見到小伊下令出動的兩具活鎧甲，小痞子的手下如鳥獸散一般立刻逃出。

糟糕。「欺騙敵人得先欺騙自己人」的作戰居然弄巧成拙了。

「啊，喂！要是膽敢傷害本大爺，就把你們關進牢房裡哦！」

嚇得腿軟的小痞子一邊後退，手中仍不放開小木桶。

我抓住兩具活鎧甲加以制止。要是讓對方受傷，之後就會很麻煩了。

「冷靜點，伊涅妮瑪亞娜。傷了對方就不好了。」

「是……是啊！本大爺可是賽達姆市太守輔佐官的好朋友啊！」

真是個狐假虎威的傢伙。果然是小痞子。

在我這麼嘆息的下一刻，山腳方向傳來爆炸聲和男人們的悲鳴。就彷彿電視節目中看到的引擎逆火時所發出的爆炸聲。

樹叢的另一端可以見到深色的濃煙。

……是窯爐的方向。

「看來你們果然私自用了窯爐啊。」

「怎……怎麼會……要是窯爐被破壞，小瓶子就來不及製造了。怎……怎麼辦……」

亞里沙一臉絕望地雙膝跪地。

小伊則是不發一語，直接貧血倒地了。

「那麼，趕快離開這裡吧。今天就看在這三桶的份上饒了你們。」

用充滿殘暴心理的可憎表情這麼告知後，小痞子「哇哈哈哈」地大笑，同時意氣風發地抱著小木桶凱旋返回賽達姆市。

距離日落的交貨期限，還有一聲鐘響——九十分鐘的時間。

◆

確認雷達上男人們的光點消失在街道方向後，我們便前往被破壞的窯爐。

所使用的窯爐破了一個大洞，完全遭到了破壞。

從損壞的嚴重度看來，負責破壞的男人們大概也不會平安無事。但他們似乎已經被同伴帶走，現場沒有任何人倒地。

火災也未蔓延。周遭沒有可以引燃的樹木算是不幸中的大幸。大概是設窯之初就已經砍伐掉周圍的樹木了吧。

「——不行，全都破掉了……沒辦法再重來一次了吧。」

「嗯嗯，這樣大概都無法使用了。」

亞里沙望著殘留火星的窯爐喃喃說道。我對此則是點頭回答。

或許是還不願放棄，亞里沙注視著窯爐內部。

「……哎呀？這個碎片是——」

我對回頭的亞里沙輕輕一笑。

——儲倉可以收納三公尺以內未用手觸碰的物體。

我就像火中取栗那樣，未經接觸便事先回收了窯中的小瓶子。

光是這樣可能會被看穿，所以我又在窯爐內隨便放置一些器皿。窯爐周圍有一大堆燒製失敗的器皿，所以收集起來非常簡單。

我將儲倉一事保密，僅向亞里沙說明這方面的內容。

對於已經回收小瓶子一事，雖然我被狠狠地罵了一頓：「幹嘛連我也要隱瞞啊！」但如今就心甘情願地承受吧。

畢竟亞里沙那真正絕望的表現，大概成功騙過了小痞子吧。

——不過，還有個問題。

就是小瓶子的溫度。確認儲倉內部之後，我發現小瓶子本身已經燒成，但一拿到外面就會因為溫度急遽變化而破裂。畢竟薄薄的小瓶子，怎麼樣也無法承受高達一千三百度的溫差。

由於儲倉可以維持收納時的狀態，所以小瓶子還是滾燙的。

要是有什麼方法可以讓溫度慢慢變化就好了……

——修理窯爐，再次生火以提高溫度，然後再慢慢地降溫嗎？

不，這樣一來時間上太倉促了。

況且要是緊急修復的窯爐中途崩塌，壓破裡面的小瓶子就慘不忍睹了。

——有沒有什麼方法呢？

可以慢慢降低溫度，又能夠將儲倉內的初期溫度直接移植過去的好方法……

果然還是只能緊急修復窯爐了嗎。

『——太沒用了。』

我腦中浮現這句話。

像這種時候幹嘛挖苦自己？什麼叫「太沒用了」啊——等等，這是什麼時候的記憶？

『完全就是儲倉的向下相容版本呢。即使想取出物品，由於受到外界空氣的影響，保溫能力也不怎麼樣。』

——想起來了。

就是我在進行道具箱和儲倉的比較驗證時。

沒錯，道具箱「保溫能力不怎麼樣」，也就代表狀態在內部會產生變化。而且只要「不做出拿取的動作」，內外的空氣就不會流入或流出。

——既然如此！

我將儲倉內高溫的小瓶子移動一個至道具箱內。

然後打開道具箱，取出小瓶子的瞬間立刻取消。出現道具箱黑洞的場所周邊隨即冒出溫暖的氣流。

將小瓶子放回儲倉後確認詳情，溫度確實下降了一些。

很好！這樣就可行了。

利用「風壓」魔法讓熱氣在空中流動，我總共花費二十分鐘左右成功地將小瓶子降溫了。

我和聽見騷動聲後回來的莉薩她們會合，並做好出發準備。

「好，咱們去讓那可惡的小痞子和銀髮男啞巴吃黃蓮吧！」

面對亞里沙這番充滿時代感的口號，年少組很有精神地回應。

……什麼啞巴吃黃蓮，你是哪個時代的人啊。

坐在小伊駕駛的馬車上一路搖晃，我同時確認地圖和時間。

——太好了，看來似乎可以「勉強」趕上。

◆

背上的袋子裡發出匡噹匡噹的聲響。

我們在未受阻撓的情況下來到了市政廳的入口處。

「還敢恬不知恥地出來露臉啊！剛才居然塞給我用水稀釋的魔法藥！害我無故丟人現眼！」

在地勢稍高的入口前，小痞子對我們這麼痛罵道。

我將亞里沙和小伊藏在身後，前進了一步：

「您在說什麼呢？那種藥水應該也能治療受傷哦？」

我若無其事般地承受小痞子的謾罵。況且我也沒說過那個東西是魔法藥。

見到我背著的大袋子，小痞子露出勝券在握的表情。

「怎麼，你又製作了灌水的魔法藥打算蒙混過關嗎～？」

那嘮嘮叨叨的悠哉說話方式，似乎滿足了他的殘暴心理。

「還是這一次只是裝了用草染色的水啊～？」

那臉朝天空大笑的模樣，簡直像極了一個貧窮的平民。

小痞子的同夥似乎並不多，許多市政廳的職員見到小痞子的模樣也都露出困惑和傷腦筋的表情。

果然沒有人緣呢。

「看來您並沒有什麼要事呢。那麼，我們有事要找太守輔佐官，這就失陪了。」

我帶著一起前來的亞里沙和小伊通過了持續大笑的小痞子身邊。

小伊的活鎧甲們無法進入市政廳，所以便和馬車一起在後方的停車場待命。

「等等、等等，等一下！你們找輔佐官閣下到底有什麼事？」

小痞子用喜劇演員般的動作繞到我們前方，換上扭曲的表情大噴口水質問。

被小痞子撞開的職員則是一臉困擾地清了清喉嚨離去。

「這跟您沒有關係，就恕不奉陪了。」

「你……你說什麼！」

由於並沒有義務回答這傢伙，我佯裝恭敬地拋下這句話並走向窗口。我要找的人就只有輔佐官而已。

我們在窗口告知前來交貨，請對方代為通報輔佐官。

然後將背後的袋子放在桌上，從中取出一個瓶子交給櫃台。

「怎麼會，明明就破壞了窯爐……為什麼！」

小痞子胡亂叫喚，但由於沒有回答義務，我只是報以微笑並當作耳邊風。

「哼哼！反正一定又是到處收購一堆市售的下級藥吧！像那種用水稀釋下級藥的劣質品，根本就沒有必要接收！」

或許是當作耳邊風般一直無視於小痞子之故，對方似乎將矛頭指向了櫃台及負責鑑定魔法藥的職員。

小痞子繞到櫃台後方這麼逼問職員。

職員們雖然感到很困擾，但或許是無法不理會輔佐官的熟人，所以便耐心回答：

「不，這些品質比之前交付的一百二十瓶還要好哦。」

「怎……怎麼可能……」

大概是對小痞子的錯愕表情感到相當痛快，職員又很愉悅地補充道：「而且還是同一位製作者。」

「……怎麼會……我完美的計畫……居然被平民給……」

那種漏洞百出的計畫能夠順利實行才有鬼吧。

「我們的飛黃騰達之路……竟然就這樣……」

小痞子彷彿在說夢話般喃喃向後退去，背部「砰」地一聲撞上了櫃台。

隔著裝有魔法藥的大袋子，我和小痞子對上了目光。

「對……對了。只……只要沒了這個，只要沒了這些東西！一切都還有救！」

重複著精神異常般的喃喃自語，小痞子突然抱起櫃台上的大袋子「哼！」地吆喝一聲砸向地面。

「我手滑啦——！」

那無比蓄意的動作讓職員們都愣住了。

魔法藥的液體自大袋子裡流出。

「呀啊——佐藤先生，瓶子破掉了。魔法藥都流出來了啊——」

小伊見狀發出悲鳴，但急忙要跑上去時卻被我制止了。

「哎呀！這次換成腳滑了。」

男人跳上大袋子，將僅剩完好的其他魔法藥也全部粉碎了。

我身旁的亞里沙低聲竊笑道：「真笨，這裡明明有那麼多證人。」

沒錯，我也深有同感。

輔佐官從裡面的辦公室走出來。

「你們在吵什麼！這裡可是太守大人的跟前啊。」

「——這是？」

他指著小痞子腳邊的積水和大袋子這麼質問。

「是魔女閣下派人前來交付的魔法藥。這位先生將它們都摔碎了……」

「是在交付之後嗎？」

輔佐官用冰一般的聲音詢問職員。

「不……不是的，目前還在確認品質當中。」

「那就沒有問題了。還有半個鐘的時間。重新再拿來吧。」

聽見輔佐官這番沒血沒淚的發言，不光是我們，就連職員們也傻眼了。

儘管有人想要出面幫忙居中協調，但在輔佐官永久凍土般的目光下便退縮了。

「請等一下。」

「怎麼？摔破的元凶是那個男人對吧？領政府可不做任何的保證哦。」

我根本不抱那種期待。

「不，我是想讓這位先生負起器物破損的賠償責任哦？大約是九十枚金幣。」

「挺合理的。就去向那個人請款吧。」

「怎……怎麼這樣！」

小痞子出聲抗議，但輔佐官仍以永久凍土的視線讓他住嘴了。

當輔佐官消失在裡面的房間之際，一名職員悄悄對我說：「可以強制執行催收。」付不出來的話好像就要淪落為奴隸。

看來大家都挺討厭你呢，小痞子。

「啊！逃跑了！」

看出小痞子想要偷偷溜走，亞里沙這麼大叫。

被人發現後，小痞子如脫兔般逃出，但卻被小伊頭頂飛來的毛球鳥襲擊。

面對下意識尖叫並停下腳步的小痞子，和獸娘們一起從後門進來的娜娜出手將其制伏。

稱讚娜娜和毛球鳥他們「幹得好」之後，我便在櫃台辦理損害賠償的委託強制執行手續。至於偷偷告知的那位職員，我則是給對方幾枚銀幣作為酬謝。

目送著小痞子被衛兵帶走後，我們便展開下一階段的行動。

距離日落的交貨期限，還剩下半個鐘——四十五分鐘。

◆

「進來吧——原來是你們啊。有什麼事？既然都已經放棄，就離開這座都市吧。」

在職員帶領進入的辦公室裡，我和小伊受到了輔佐官凍結般冰冷的言語對待。

我對此並未回應，而是交給職員處理。

「輔佐官。麻煩您在這上面簽名和蓋章。」

目光落在職員遞出的文件上，輔佐官皺起眉頭。

「——交貨完畢證明？」

「是……是的。剩下的一百八十瓶已經完成交貨手續了。對方一併出示的輔佐官字據也已經確認過，沒有任何問題。」

對方將顫抖的雙手放在辦公桌上，目光向上瞪向這邊。

「你們到底使了什麼魔術？」

「我們沒有使用任何魔術。一切都是智慧、努力和友情的結晶哦。」

「你在胡說八道些什麼……」

事實上，光靠我一人根本無法達成這項任務。

儘管對輔佐官含糊其詞，但其實是採取了以下的交貨策略。

透過雷達的標記得知小痞子就埋伏在市政廳後，我便想出了一計。

我們帶著六十瓶假魔法藥光明正大地從正門走入，至於預計用來交貨的魔法藥則讓莉薩她們從後門送進來。

表面看起來有一百八十瓶，其實裡面還混入了未燒製的一百個小瓶子，所以對方才會這麼輕易上當。

而這些假魔法藥，也都和預計交貨的魔法藥品質相同。

我自己製作的小瓶子原本就有一百八十九個。加上娜娜籌措而來的三十七個以及手頭有的五個，於是便多出了六十個備用的小瓶子。

小伊順利錬成的次數為四十次，共計兩百瓶，加上從破損瓶子裡回收的四十瓶，所以一共是兩百四十瓶。

也就是說，我打從一開始就多準備了六十瓶。

由於目前的市場行情為三倍，所以我說的價格大概被誤認為一百八十瓶的售價了吧。

話雖如此，真沒想到小痞子會採取那麼愚蠢的行動……

像這些事情，我並無意向輔佐官慢慢說明。時間就是金錢。

「怎麼了嗎？接下來只要簽名和蓋章就結束了吧？」

「唔唔……」

儘管我這麼催促，但輔佐官卻是很不乾脆地持續低哼著，遲遲不肯簽名。

「那個，輔佐官閣下？」

見到輔佐官不太尋常，職員憂心地這麼出聲，但對方卻將嘴唇抿成一字，閉上了眼睛。

看來他怎麼樣也不肯簽名的樣子。

——傷腦筋。

實在想不到，看起來自尊心那麼高的輔佐官竟然會做出這種像小孩子般不顧顏面的舉動。

凝重的沉默支配了房間，唯獨時間不斷流逝。

……像這樣保持沉默，已經過了三十分鐘。莫非打算一直持續到超過期限嗎？

——要不要使用笑氣劑讓他發笑呢？

藉由荒唐的想像讓自己心情愉快一些，我持續對輔佐官施以無言的壓力。

時間一分一秒過去。我確認主選單的時鐘，距離期限僅剩一下子了。

入口處的房門靜悄悄地開啟。

看準這個時機，我向輔佐官出聲：

「輔佐官閣下，請您在交貨完畢證明上簽名好嗎？」

輔佐官還是沒有任何回應。

「——那麼，就由我來簽名好了。」

意料之外的聲音令輔佐官睜大雙眼。

聲音的主人在辦公桌的交貨證明上快速地簽名，然後用戒指上的印章猛然一蓋。

「庫……庫哈諾伯爵！」

輔佐官的驚叫聲響徹了辦公室。

我向跟在庫哈諾伯爵身後進來的人物點頭致意。

「老……老師！」

「伊涅妮瑪亞娜，看來真是辛苦妳了呢。」

隨之回頭查看的小伊也發出了驚叫。

沒錯，是老魔女搭乘古老雀前往庫哈諾市將庫哈諾伯爵接來了這裡。

當初在廢村確認這一點時，由於他們還在時間上相當緊迫的位置，所以一直讓我感到相當焦急。

儘管是為求保險起見的舉動，但能夠趕上實在太好了。

撫摸著小伊的頭，老魔女向我低頭表達感謝之意。

「佐藤閣下，我由衷感謝您本次的協助。」

毛球鳥則是跳到小伊頭頂，彷彿也想被人慰勞一般「咕嚕波」地叫道。

那麼，這番和樂融融的氣氛也只限於我們幾個，輔佐官如今正處在相當不利的情勢中。

「您……您怎麼會來到這裡！」

「還看不出來嗎？魔女閣下已經把你們做的壞事都告訴我了。」

庫哈諾伯爵開始質問無法自辦公桌的後方站起，僅能將身體沉入椅子當中的輔佐官。

看似伯爵護衛的騎士們不知何時進入房間，將輔佐官從椅子上抓起來讓他站著。

「我和你身為穆諾侯爵家臣的父親是王立學院時代的朋友。為此，我才會幫助拋棄領地前來投靠的你們一家人，並給予你們職務。不過看來是我有眼無珠了。」

「請等一下。這都是魔女和那個男人的陰謀！」

「哼！什麼陰謀，可笑！」

輔佐官打算將責任推到我們身上，但庫哈諾伯爵卻是大聲拋出這句話。

「難道你忘了我們伯爵領至今受過魔女閣下多少的恩惠嗎？五年前流行病肆虐時，因魔女閣下的藥品而得救的人當中也有你的弟弟妹妹吧？還有在如今狗頭人的猛烈攻勢下，你知道魔女閣下的魔法藥拯救了多少騎士和士兵嗎？」

面對庫哈諾伯爵的震怒，輔佐官垂頭喪氣般低垂著臉。

「無法輔佐太守的人根本就不能勝任太守輔佐官一職。在我的領地上將你提拔為永世貴族一事也就此撤回。唯獨會留下名譽士爵的爵位，你就靠著微薄的年金和年邁的母親及弟弟妹妹一起過著平民生活吧。」

庫哈諾伯爵向輔佐官唾棄般地這麼告知。

聽了這句話的輔佐官投以冀求般的目光，但庫哈諾伯爵的決定已不容更改。

輔佐官將手貼在胸前喃喃唸著什麼，接著一種靜電般的「啪滋」聲響讓那些抓住他的騎士鬆開了手。

「代理太守之輔佐官在此請求——」

輔佐官擠出了令人畏懼的聲音。

儘管了解對方想做什麼，但庫哈諾伯爵卻伸手制止了那些打算上前將其制伏的騎士們。

由於伯爵似乎有什麼想法，所以我也暫不出手了。

「……愚蠢。」

毫無防備地站在輔佐官面前，庫哈諾伯爵語帶悲哀地唸道。

「賽達姆市之靈啊，攻擊我們都市的敵人吧！■誅伐。」

輔佐官唱出發動語句的同時，他所持有的護身符便朝著庫哈諾伯爵發出電擊。

我急忙擋在對方身前，但電擊還未命中我便消失無蹤了。

「真是愚蠢。身為庫哈諾伯爵，我根本就不可能在自己的領地上遇害。別忘了你所行使的借物之力，到底是誰借給你的！」

原來如此，剛才那是借用都市核的力量所行使的魔法嗎？

所謂的都市核，是伯爵將使用權借給太守，而眼前這位又是太守的輔佐官，自然無法傷到位階比他更高的人。這樣就理解了。

「看在亡友的情面上，我就不用叛亂罪，而是以更輕一等的死罪放過你吧——」

——等一下。

我相信自己的直覺，一個動作便越過輔佐官的桌子踢碎他的下巴使其昏迷。

這並非沒控制好自己的力道。

而是因為需要讓對方看起來受了重傷的樣子。

「——你為何要阻撓？」

庫哈諾伯爵對我投以看待蟲子一般的冷酷目光。

……果然是打算當場處決嗎。

「因為有小孩子在場。雖然很冒昧，不過行刑的話應該比較適合在刑場，而非在小孩子的面前展現。」

老實說，我自己也不想看。

若是輔佐官被打入牢裡或遭受鞭刑的話我還能認定對方是「自作自受」，但要目睹對方在面前處決，就真的饒了我吧。

對上庫哈諾伯爵的目光好一會，我算了算時機投以一個微笑。對方彷彿也喪失了氣勢，在將視線投向小伊後，整個人終於放鬆了力道。

「——看來魔女閣下交到了一位知己啊。」

她向老魔女這麼告知，然後從輔佐官手裡取走護身符，命令護衛騎士將其送入牢裡便走掉了。

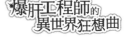

紙堆之謎

「我是佐藤。遊戲製作中有時需要加密技術，在防止紀錄檔遭人修改或防拷等用途上應用相當廣泛。不過，我一向都和解碼無緣呢。」

輔佐官被帶進牢房後，我和老魔女一起在接待室裡與庫哈諾伯爵會面。

首先，他對於放任太守輔佐官如此暗中活躍一事向老魔女做了委婉的道歉，接著便提到對我的獎賞。

原本以為會因為阻礙行刑而遭到懲罰，但看來並沒有這回事。

「你叫佐藤是吧？這次真是辛苦了。你想要什麼獎勵？值錢的物品可以嗎？倘若想要擔任官職也無妨。」

面對已開始夾雜白髮的初老伯爵這麼詢問，我感到猶豫。

值錢的東西對我沒用，而我又不想要什麼固定的職業。

「請恕我僭越，若您能允許我購買領內的魔法書和捲軸，我會非常高興。」

「不愧是魔女閣下的知己，真是強烈的求知欲望。好吧，我這就發出許可證。」

原本就不抱希望，沒想到伯爵很爽快地發出了許可。

這樣一來似乎就沒有我的事情了。但由於尚未被允許離席，我便一起傾聽伯爵向老魔女委託的事項。

針對老魔女的委託，便是請她製作可以解除許德拉毒性的魔法藥，好讓伯爵派人前往西南方國境一帶的深山中尋找許德拉的所在處。

儘管隱瞞了許德拉這個名稱，但話中提到最初的報告來自於諾奇鎮的守護，所以應該沒有錯了。

三年前許德拉似乎也曾現身襲擊人類世界，賽達姆市以及周邊村落好像都受到了損害。看來襲擊那個廢村的果然就是許德拉。

庫哈諾伯爵唾棄般地指出，那是二十多年前從穆諾候爵領越境而來的魔物。

與老魔女商量完畢後，庫哈諾伯爵便聲稱要進行對付許德拉的準備而讓我們離開房間。

儘管太守的城堡內會提供豪華的餐點，但在被告知獸娘們無法同行後，我鄭重地拒絕了。

從職員那裡收下作為獎勵的許可證，我便離開了公所。

「佐藤閣下，我由衷感謝您本次的協助。」

「謝謝……你。」

在市政廳的一處角落，我們接受了老魔女和小伊的感謝之言。

「話說回來，我也嚇了一跳。您到底是使用了什麼樣的魔法呢？」

老魔女很疑惑地這麼詢問。但與其說想探個究竟，比較像出於純粹的好奇心。

畢竟以小伊那種等級的魔力，再怎麼拚命也只能鍊成二十瓶魔法藥才對。

「謎底很簡單哦。我事先回收了殘留在破瓶裡和箱底的魔法藥，然後將它們重新裝瓶。」

「啊！說到這個，我似乎也只鍊成了大約五十次！」

我在「詐術」技能輔助之下編造以假亂真的故事，而天真無邪的小伊則是又幫我加深了可信度。

「都是喝了很多魔力回復藥努力鍊成的呢。」

「嗯！甜甜的很好喝哦。」

我乘機誇獎了小伊。

或許是接受了這個說詞，老魔女也一起撫摸著小伊的頭出聲慰勞她。

「佐藤閣下，該如何報答您這次的協助呢？您有什麼需要的東西嗎？」

聊到告一段落之際，老魔女提出了報酬相關的話題。

畢竟是我自己多管閒事，再加上已經從老魔女那裡獲得許多的知識，我實在無意再收取任何的謝禮了。

「我只是在幫助朋友，並不是為了要求您做些什麼哦。往後再次造訪『幻想之森』的時候，只要您願意和我多聊一些就很夠了。」

聽起來雖然有些裝模作樣，不過卻是我的真心話。

老實說，與老魔女討論鍊金術真的非常愉快。

「嗯，當然隨時歡迎了。下次還請帶著蜜薩娜莉雅大人和其他小姑娘們一起過來哦。」

說著，老魔女面露微笑。那是一種彷彿時值晴朗溫暖如春的初冬，在沿廊將貓咪放在大腿上一般的和煦笑容。

「那麼，為魔法藥順利交貨乾杯！」

「「「乾杯！」」」

我們莫名其妙地在陶藝工房舉行了慶功宴。

前來歸還為了製作小瓶子而借走的轆轤之際，我順便請工房老闆介紹能夠帶亞人進入的餐廳，但對方卻很肯定地表示沒有那種地方。

由於工房老闆又提議可以將工房未使用的部分讓我們作為宴會場地，於是我們就承蒙對方的好意在此舉行宴會了。

當然，不光是老魔女和小伊，我們也邀請了工房老闆以及貓人奴隸們。至於陶藝工房的徒弟已經回家，所以就不參加了。

桌上擺滿了大家從攤販上買來的料理。工房老闆不會喝酒，所以飲料改為加果汁的水或茶。

「這個小鳥的姿燒很棒呢。可以從頭到尾品嚐整隻鳥。」

「這邊的兔肉串也很好吃喲。」

「都好難取捨~？」

獸娘們都專注在肉類料理上。待會得叫她們也吃些蔬菜才行。

「好吃。」

「蜜雅，這邊加了水果的炒蔬菜也很美味哦。」

「嗯。」

我將料理分到本日ＭＶＰ蜜雅的盤子裡以慰勞她。

「等等，為什麼只有蜜雅，太狡猾了哦。」

「是嗎？」

或許是我只顧著關心蜜雅，亞里沙發出不滿的聲音。

「亞里沙，妳也真是的。主人，這邊的燉菜也很好吃哦。」

「嗯嗯。拜託妳了。」

「主人，這個燒包真是一絕——這麼報告道。」

吃著露露分給我的燉菜，我又一邊咬下娜娜遞給我的燒包。

白蘿蔔和魚肉的燉菜實在風味絕佳，我於是也推薦給老魔女和小伊。

「這邊的料理也很好吃哦。」

「哎呀，佐藤閣下，謝謝您。」

「老師，這邊也很美味哦。」

「哎呀呀，都灑出來了哦。伊涅妮瑪亞娜。」

老魔女用手帕擦拭小伊被湯汁沾到的衣服。

「小少爺您還真受歡迎呢。」

「感情不錯這點，我們算彼此彼此吧？」

我這麼回答受到貓人女孩們勤奮服務的工房老闆。

工房老闆似乎並不反對我的話，咬了一大口兔子的帶骨腿肉。

我也向含蓄地只吃炒堅果的貓人女孩們推薦肉串和小鳥的姿燒。

被我勸說後貓人女孩們起先還很客氣，但工房老闆主動將料理分到她們的盤子裡，於是這才忐忑地開始享用。

「好……好妻。」

「好……霉味。」

「啊嗯，嗯咕，哇嗯。」

她們紛紛用希嘉國語發出「美味」的感想，轉眼間便將盤子掃空。

或許是感動於有這樣的美食，貓人女孩們邊吃邊哭泣，但這方面我就很有禮貌地不去觸及了。

「這邊也很好吃喲。」

「也吃吃看這個~？」

波奇和小玉將自己喜歡的料理分裝在小盤子拿到貓人女孩們那裡。

而亞里沙也將烤全兔的盤子放在貓人女孩的面前道：「這個也是推薦的哦。」

莞爾地眺望著年少組照顧貓人女孩的情景，我一邊盡情聊天與享用料理。

歡樂的時間轉眼就過去。在料理見底之際，我們便結束了宴會。

大家吃得很飽，看起來都相當幸福。其中甚至還被貓人女孩們投以近似崇拜般的感謝之意。

隔天，自聖留市出發後的第十天早晨。

我們大家前往送別即將返回「幻想之森」的老魔女和小伊。

離別之際，我從小伊那裡收下了一件附有燈罩，類似提燈的物品。

「佐藤先生，這個是謝禮喲。」

「是提燈嗎？」

面對我的問題，小伊左右搖了搖頭。

「是我請老師幫忙製作的魔法道具喲。」

「哦——這樣很厲害呢。謝謝妳，我會珍惜使用的。」

「嗯！」

試著鑑定後，這似乎是使用了「光粒」的照明用魔法道具。

只要注入魔力就會發出ＬＥＤ般的亮光。就像不用添油的提燈一樣。

「期待我們有朝一日能夠再次相會。」

「祝佐藤閣下您身體健康。這是我老太婆的一點餞別禮。」

對方做出了某種並非咒語類的「咒術」般動作

儘管沒有什麼特殊的輔助效果，但這純粹是感受上的問題。

我向老魔女致謝，揮手目送著兩人出發。

豹型魔創生物拖曳的馬車車台上載著損壞的活鎧甲和沉重的古老雀，這一幕真是太有奇幻風格了。

如柳樹一般平靜面對出入都市的人們目光和竊竊私語，老魔女她們就這樣回去了。

>獲得稱號「魔女之友」。

◆

逗留在庫哈諾市期間，我們在市內觀光的同時一邊準備下一段旅程。

由於這裡有前往聖留市的商人，於是我便請對方帶信給潔娜。真讓人深深體會到郵局的便利性。

為了寫這封信，我也費了一番工夫。因為我不知道這個世界的書信禮儀和慣用句，所以便請教在這裡認識的商人幫忙指導，千辛萬苦才書寫而成。

我順便也詢問波奇和小玉要不要寄信，但她們說等自己學會寫字後再說，於是我選擇尊重這兩人的意願。

儘管很遺憾蜜雅她們銅牆鐵壁般的防禦讓我無法與夜晚的蝴蝶們嬉戲，但由於去過好幾次酒館，得以收集到接下來要前往的穆諾男爵領相關情報。

傳聞收集的愈多，就愈覺得不想在那裡觀光，而是最好在短期間內穿越那裡。

儘管很想繞道而行，但不經過穆諾男爵領而要前往歐尤果克公爵領的話，就必須折回聖留伯爵領並從王都一帶出發才行。

由於這樣會花太多時間，讓我猶豫是否真要選擇這條路線。

這個穆諾男爵領似乎是穆諾侯爵領被賽恩消滅後，歐尤果克公爵的家累貴族繼承了穆諾的家名和領地的新興領地。

從前本來只是個貧窮的領地，這三年來治安更是嚴重惡化。

盜賊橫行，官員腐敗，軍隊們我行我素，處於將近無政府狀態的離譜局面。

若是平時，國王或鄰近的領主都會派遣軍隊，但庫哈諾伯爵因狗頭人的攻勢而分身乏術，歐尤果克公爵也與領地相接的東方小國群和鼬人族帝國之間處於一觸即發狀態，所以無法隨意出動軍隊。

由於不想造訪城鎮或村落，所以我準備了許多便於保存的食物以求在無補給的狀態下能穿越領地。光是我們幾個，應該足夠支撐一個月左右吧。

另外，我也了解到為何能夠在不算高級的酒館裡見到輔佐官了。

酒館的老闆並不知道他是太守輔佐官，但據說每個月有好幾次都會來喝穆諾領出產的酒。

老闆表示，輔佐官應該和自己一樣也是從穆諾領遷居過來的人。

由於接下來要前往的穆諾男爵領治安很差，我便以聖留市購買的皮甲作為藍本，幫所有人製作了皮甲。

最初製作的時候獲得了「製作防具」技能，所以成品的水準非常高。我在前鋒成員的皮甲縫上鐵板以增加防禦力。特別是頭盔，製作得相當堅固。

前輩商人告知有騎馬護衛的話就可以避開盜賊，於是便連同馬具一同購入馬匹，大家一起練習如何騎馬。

才剛開始練習我就獲得「騎馬」、「馴馬」、「調教」技能，因此得以順利地學會。

蜜雅雖然也能騎乘無馬具的馬匹，但成員中能夠快步騎乘的就只有莉薩一人。其他勉強僅能以正常速度前進而已。

總之，既然已經買了兩匹馬，暫時就會變成由我跟莉薩騎馬行動了。

市政廳因小痞子的事情而傳喚我前去，表示對方沒有什麼財產，所以將他貶為奴隸後只值十枚金幣。

我對金額多寡並不在意，便簽了文件並支付手續費。

小痞子據說將被送到遭狗頭人猛攻的銀山。雖然這是自作自受，但難免也會覺得對方有些可憐。

嗯，像那種看起來很命很硬的小痞子，無論到哪裡應該都能活下來吧。

輔佐官好像逃過了處決，被貶為奴隸的身分待在庫哈諾市的伯爵城堡內。根據地圖的情報顯示，他似乎淪為伯爵的知識奴隸而遭到任意使喚。

對於自尊心甚高的他來說或許覺得一死了之還比較好，但我卻認為必須要活著以彌補自己的罪孽，所以希望他能夠多加努力。

忽然間我心血來潮，試著用地圖搜尋輔佐官的弟弟妹妹。

發現距離出奇地近，我轉頭一看，只見穿著公所下級職員服裝的兩人正在聆聽看似指導員的女性說明些什麼。

大概是被公所僱用了吧。看來並沒有流落街頭，真是太好了。

獲得許可證的隔天我便購買了魔法書和卷軸，然後學會好幾個新魔法。

我一邊進行咒語的詠唱練習和魔法書的解析，同時過著悠哉的日子。

「主人，這本書還你。下次借我術理魔法的魔法書吧。」

「嗯嗯，中級的魔法書怎麼樣？」

接過亞里沙歸還的中級光魔法的魔法書，我轉而從萬納背包取出術理魔法的魔法書交給她。

明明自己拿出來看就好，居然還專程向我請示，真是個一板一眼的傢伙。

現在是晚餐後的閱讀時間，所以除我和亞里沙之外的人也都在看自己喜歡的書。獸娘們則是在娜娜的教導下一邊閱讀。

「視內容本身而定，主要是裡面使用的希嘉國語太難懂，費了很多精神呢。」

「能在這麼短期間內看懂魔法書已經很厲害了哦。」

還在日本的時候，我為了閱讀英語寫成的程式專業書籍而費了不少功夫。

其他人如今都已經看得懂一百張學習卡片的詞彙量。而到達流暢閱讀程度的，除了一開始看得懂的娜娜和蜜雅之外就只有亞里沙了。

露露和莉薩目前也可以看懂簡單的繪本等書籍。

波奇和小玉似乎會犯口語和文法上的錯誤而看得不是很順。由於已經會辨認數字，所以接下來我便打算教她們算數。

「主人又在看什麼東西？——菜單？」

亞里沙查看我手中的東西之後滿臉問號。

我看的是在那個詭異露天攤位上買來，價位不明的紙堆。

雖然努力解讀其中隱藏了什麼東西，但都是一些菜單、對同事的牢騷以及懷疑妻子不貞的內容，以亂七八糟的順序排列在一起。

共通點只有必定會附上日期，以及每段文章都是像鉛字印刷那樣寫得非常緊湊。

但日期不但沒有照先後順序排列，話題也跳來跳去，根本不知道在寫什麼，讓人看了很痛苦。

祕密恐怕就在這排列裡面，但我遲遲無法找出其中的規則性而辛苦萬分。

明明就有「解讀暗號」技能卻這麼不中用。

「聖劍？」

亞里沙看著紙張一邊這麼喃喃自語。

「裡面沒有這個單字吧？」

「直著讀的話可以這麼唸哦？」

直著讀？就像來到異世界之前在網路公布欄上會做的事情嗎？

我觀察接過的這張紙，的確可以這麼唸。使用的單字不同，發音卻同於「聖劍」。

我將儲倉內的紙按照日期排列後依序閱讀。

原來如此，這的確有兩百五十五枚金幣以上的價值。

「亞里沙妳真了不起！」

「哼哼，真要誇獎的話就用行動來表示吧。」

我一把抱緊了亞里沙，不停地在原地旋轉。

「嗚哈！居然這麼突然，我不行了～」

雖然亞里沙發出奇怪的聲音，不過就別在意了。

波奇和小玉則是繞著旋轉的我們周圍轉來轉去。

紙堆上所寫的內容是——

以人力製作「聖劍」的方法。

給潔娜的信

連門都沒敲響就被猛然打開，一個人衝進了我們位於兵舍裡的房間。

——魯鄔這傢伙也真是的。

迅速轉頭一看，只見頂著和我同樣表情的魯鄔那張臉也在望向這邊。其對面還可以見到伊歐娜些許疑惑的表情。

最後，我才將目光投向蹲在門前的那個人。

「咦？潔娜？」

「莉莉歐！」

汗水沾濕的頭髮貼在額頭上，我們三人所護衛的魔法兵潔娜——她此時上氣不接下氣，卻又全力擠出笑容呼喚我的名字。

「歡迎回來，潔娜。怎麼了嗎？那麼著急的樣子。」

以平時很有禮貌的潔娜來說，這是無法想像的魯莽舉動。

倘若是從迷宮的辦事處回來的話也太早了。莫非是全速跑回來的嗎？

「潔娜，擦擦汗吧。會感冒的哦。」

接過魯鄔拋來的毛巾，潔娜將其放在自己的頭頂。

「潔娜，請喝這個。再這樣下去會引發脫水症狀。」

伊歐娜用茶壺倒了一杯水遞給潔娜。

大家實在太寵潔娜了。

「謝謝妳們，魯鄔、伊歐娜小姐。莉莉歐也謝謝妳。」

我開玩笑地回答「不客氣」然後一邊幫她擦拭頭髮。

不知為什麼，魯鄔和伊歐娜的目光都帶著些許的暖意。

「對了，發生什麼事了嗎？」

「——是信！佐藤先生的信寄到了！」

少年還真是勤快呢。

潔娜帶著閃閃發亮的笑容向我們出示信紙。

儘管很難得，不過我可不會認字哦。

「時值餘寒未退，不知潔娜小姐是否過得還好——」

潔娜唸出的信中內容只能聽懂一半，但我將了解的部分拼湊起來，似乎是出發後才過沒幾天就因為見不到潔娜而感到寂寞的少年寫來炫耀彼此的感情。

伊歐娜輕聲提醒著：「潔娜小姐，那是寫信時的慣用句……」但潔娜卻似乎完全沒聽進去。

什麼啊，原來是慣用句？雖然不知道意思，但從伊歐娜的反應來看，潔娜好像誤認為那是少年的示愛之語吧。

太好了，太好了。

我們三人繼續聽著潔娜愉快的朗讀。

「呃——上面寫說『在擺放雄偉巨石的丘陵上喝湯別有一番滋味』！不過，聖留市附近有那種地方嗎？」

「嗯！那不就是哈古雷岩的所在處嗎？」

魯鄔露出很不愉快的表情說道。

——啊啊，是那裡嗎！

巡邏時偶爾會過去，但岩石底下會躲藏魔物，非常危險呢。

伊歐娜開口補充魯鄔的不恰當發言。

「從信中看來，似乎並未遭遇魔物的樣子呢。」

「不用擔心哦。佐藤先生動作很靈活，亞人孩子們也都很強。」

哎呀呀。還以為潔娜會感到擔心，結果卻似乎很信賴那個少年的樣子。真是讓人有點嫉妒。

說到這個，之前魔物從正門入侵時，他好像大顯身手保護了旅館吧。

就在回憶這些事情之際，潔娜的朗讀移至下一段。

「——還有在凱諾納鎮第一次飲用羊奶酒。這是魯鄔出身的小鎮吧？」

「嗯嗯，整個小鎮上就只有羊、酒鬼還有養羊的人。」

魯鄔之前說過因為討厭那座小鎮，所以才在成年的同時來到聖留市加入領軍。

由於魯鄔的自嘲發言，凱諾納鎮的話題似乎就到此為止。

潔娜唸出的信中內容，傳遞出了像是在山裡獵鹿、旅途中品嚐美食等等，享受著遊山玩水樂趣的樣子。

——旅行有那麼輕鬆嗎？

「聽起來似乎很享受旅行呢。」

「是啊～我認識的人當中不乏旅行商人，不過因為旅途太辛苦，大家全都夢想著擁有一家店之後定居下來。」

我對傾頭不解的伊歐娜這麼說道，魯鄔也跟著點頭同意。

「就算是巡邏任務，在野外紮營的時候也要提防狼或魔物的攻擊，無法安心地睡覺呢。」

「睡在地面上容易著涼，更重要的是身體無法好好休息。」

我有同感。就算是硬木床，果然還是睡在兵舍裡最舒服了。

「說得也是呢。不過，佐藤先生好像並不只是在玩樂而已哦。上面說在進入接鄰的庫哈諾伯爵領時遭遇狼群的襲擊——咦？」

「怎麼了，潔娜？」

我出聲詢問突然愣住的潔娜。

伊歐娜從後方觀看信上的內容。

「——是許德拉嗎？」

咦？許德拉就是那個勇者或騎士的故事中會出現的那種有很多腦袋的魔物頭目吧？

剛才明明在說狼群的事情，什麼時候又變成許德拉了。

「是……是的。在擊退狼群的時候，好像目擊了往山裡飛去的許德拉，幸好佐藤先生他們似乎沒有受傷的樣子。他說由於地點很接近領境，所以希望我們多加留意。」

我腦中很快浮現出下一次要負責巡邏的路線。

沒問題。這次是負責北迴路線，雖然對於前往南方領境的部隊很不好意思，但我著實鬆了一口氣。

「之後我會以未確認情報作為前提，向隊長報告。」

潔娜繃緊了因害羞而放鬆的臉頰，換上分隊長的表情這麼告知。

這時候，一人又像潔娜剛才那樣衝進來了。

「啊——潔娜小姐，原來妳在這裡！」

猛然開門進來的人是工兵加雅娜。記得這個女孩應該和潔娜一樣是負責迷宮的才對。

「真是的，隊長正在找妳哦。」

「啊！我忘記要去提出日報了。」

潔娜慌慌張張地跑出房間。

那個無比認真的潔娜居然會忘掉工作的事情……難怪有人常說戀愛是盲目的。

目送著飛奔而出的潔娜離去，加雅娜走向我這邊。

「咦？雅娜，妳還有什麼事嗎？」

「那副模樣的潔娜小姐還真是罕見呢。話說回來，莉莉歐！我有個值得一聽的消息哦！」

加雅娜笑瞇瞇地用手指比出金錢的符號。

——真拿妳沒辦法。

我從櫥櫃裡拿出珍藏放在加雅娜的手掌上。

「等一下，我想要的不是點心，要是銅幣多好。」

儘管似乎很不滿，但或許是從迷宮任務中回來後肚子餓了，她便將甜薯餅乾放入嘴裡大口咀嚼。

「嚼嚼！看在好吃的份上就原諒妳了。我說，那個情報就是——」

加雅娜帶來的消息非常棒。

——領軍將要選拔人員，派遣至迷宮都市賽利維拉。

沒錯，就是去少年佐藤所前往的「迷宮都市」……

或許是被隊長好好訓了一頓，潔娜回來時已經隔了大約一次鐘聲。

「我回來了，莉莉歐。」

「歡迎回來，潔娜。那個——」

我將剛獲得的情報轉達給潔娜。

最初感到莫名其妙的潔娜，表情在某個瞬間轉變為大朵鮮花般的笑容。

倘若我是男人，大概也會迷上她吧。

儘管對於少年懷有些許的嫉妒，我仍會在一旁支持潔娜的戀情。

加油，讓抵達迷宮都市的少年大吃一驚吧。潔娜。

後記

大家好，我是愛七ひろ。

感謝各位手中拿著《爆肝工程師的異世界狂想曲》第三集！

為了吸引各位直接拿到櫃台結帳，首先來講述一下本集的精彩之處吧。

本作雖然是在網路上公開的小說，但第三集的主體幾乎都是未公開的新章節。

由於第一集和第二集連續是以戰鬥為主體的內容，所以我便在第三集當中換了個主題，嘗試撰寫生產系的故事。

包括魔法藥的鍊成、魔法道具的開發、陶藝、皮革工藝、裁縫、調理。還有運用程式設計師知識的魔法咒語開發等，截至上一集為止已經獲得卻未使用過的技能都將大顯身手。

當然，爆肝世界並非那麼親切，什麼事情都能靠著技能辦到。

由於佐藤不具備知識，所以能做出天上美味的調理技能，其菜式也少得可憐……

雖然有些洩漏劇情，不過佐藤在展現調理無雙之際，露露所做出的反應還請大家務必要欣賞一番。這可是作者的強力推薦。

本集的舞台為聖留伯爵領至庫哈諾伯爵領之間的旅途以及沿路上所造訪的城鎮和都市。第三集的重心基本上放在與固定成員間的旅行過程，但整體卻是故事進行中結識的「某位女性」被捲入了事件，後來靠著佐藤的生產外掛和同伴們的齊心協力將其逐一解決的劇情。

當然，不光是新的配角，還會與意想不到的人物們再會……至於會有什麼人登場，就敬請閱讀本篇吧。

此外！煥然一新的並非只有新角色而已。

由於想要欣賞更多ｓｈｒ：ｉ老師的美麗插畫，所以在作者的陰謀之下，佐藤以外的角色都換上新衣，蜜雅和娜娜的髮型也做出變更，現有角色相較於上一集有了許許多多的變化。

至於以下的情節雖然不知道會不會出現在插畫裡，不過像與貓人女孩們的交流、和半人半山羊的山羊足族等妖精們的遭遇，還有乘坐在旅途中認識的人物所使役的巨鳥背上移動等等，比起網路版增添了更多奇幻的要素。

而為了讓「毛茸茸度」較網路版更上一層，我還試著準備了一隻喜歡待在頭頂上固定位置的可愛使魔。

那麼，篇幅也快接近上限，關於第三集的內容就在此打住吧。

進入答謝時間前要先向各位報告一件事。我想書腰上說不定已經提及，那就是本作《爆肝工程師的異世界狂想曲》決定要改編為漫畫了。（註：文中所指的皆為日文版的情形）

在搶先看過草稿後，感想只有一句「太棒了」可以形容！

登載雜誌與登載日期等詳細情報，還請各位留意富士見書房的公告。

那麼，這就進入慣例的答謝時間。

一直以來承蒙責任編輯H先生給予諸多的幫助，實在感激不盡。您精闢的糾正與改稿的建議，使得一開始難以閱讀的初稿得以改善。今後盼望能夠再多加指導及鞭策，還請多多指教了。

至於shri老師的精彩插畫，在目前這個階段雖然僅能看到設定稿，但成品的精美程度想必將會超乎我的想像。這次同樣也非常期待。

還有，我要向包括富士見書房的各位在內，協助本書出版及銷售的所有人士表達謝意。

最後，則是對讀者們熱烈的支持獻上最大的感激之意。

感謝大家閱讀本作品到最後！

那麼，我們在下一集的穆諾篇再會吧！

愛七ひろ

©2015 Touno Mamare

Kadokawa Light Novels

記錄的地平線 1~9 待續

Kadokawa Fantastic Novels

作者：橙乃まれ　插畫：ハラカズヒロ

拖著城惠到處跑，
傳說中的「加奈美」終於登場！

李奧納多突然被關進遊戲世界。在沒有同伴的中國伺服器，他獨自受困於大規模戰鬥而絕望。拯救他脫離困境的是一頭黑髮，身材火辣的加奈美。加奈美帶著英雄艾利亞斯、面無表情的補師珂珮莉雅，以及一匹聽得懂人話的白馬，正朝著日本東進！

各 NT$220~240/HK$60~75

台灣角川

Kadokawa Light Novels

冰結鏡界的伊甸 1~13（完）

Kadokawa Fantastic Novels

作者：細音 啓　插畫：カスカベアキラ

少年樹爾提斯在穢歌之庭裡不斷前進。
只為了實現守護最愛之人的心願——

於穢歌之庭裡面對面的兩名少女，鏡子內外的實像和虛像都懷抱著相同的想法。身具魔笛的少年，擁有沁力的少女，無法觸碰的兩人所立下的誓言。所有的願望、戰鬥、決心和希望互相交錯的最終樂章到來！

台灣角川

各 NT$180~260/HK$50~78

Kadokawa Light Novels——

異褲星人大作戰 1~2 待續

Kadokawa Fantastic Novels

作者：為三　插畫：キムラダイスケ

謎一般的金髮少女夏麗亞來襲！
愛意滿載的純情喜劇颯爽第二彈——

響子和史崔普的組合，狀況漸入佳境。此時，為了煽動史崔普所屬的守護宇宙和平組織「LORI」出手協助，便以集訓旅行的名目前往本部。與司令面談後，暫時成為隊員的響子在模擬訓練時邂逅金髮少女夏麗亞。菁英隊員的她莫名對響子燃起競爭意識——

台灣角川

各 NT$180~190/HK$55~58

Kadokawa Light Novels

盜賊神技~在異世界盜取技能~ 1~3 待續

Kadokawa Fantastic Novels

作者：飛鳥けい　插畫：どっこい

誠二與莉姆兩人各自邁向的
道路前方究竟是──

轉生至異世界後，誠二在每日的生活中逐步鍛鍊自己。前往王都的他終於在那裡碰上了伊莉絲最強悍的種族「龍人」！面對堅硬的外殼就如鎧甲一般，技能、種族或戰鬥經驗都占了壓倒性優勢的龍人，誠二要如何戰勝……!?

各 NT$200~240/HK$60~75

台灣角川

國家圖書館出版品預行編目 (CIP) 資料

爆肝工程師的異世界狂想曲 / 愛七ひろ作 ; 蔡長弦譯 . -- 初版 . -- 臺北市 : 臺灣角川 , 2015.09-
冊 ;　公分
譯自 : デスマーチからはじまる異世界狂想曲
ISBN 978-986-366-704-9(第 2 冊 : 平裝). --
ISBN 978-986-366-860-2(第 3 冊 : 平裝)

861.57　　104015083

Kadokawa
Fantastic
Novels

爆肝工程師的異世界狂想曲 3

(原著名：デスマーチからはじまる異世界狂想曲 3)

2015年12月9日 初版第1刷發行
2019年3月12日 初版第5刷發行

作　者：愛七ひろ
插　畫：shri
譯　者：蔡長弦

發 行 人：岩崎剛人
總 經 理：楊淑媄
資深總監：許嘉鴻
總 編 輯：蔡佩芬
編　　輯：林吟芳
美術設計：李思穎
印　　務：李明修（主任）、黎宇凡、潘尚琪

發 行 所：台灣角川股份有限公司
地　　址：105台北市光復北路11巷44號5樓
電　　話：（02）2747-2433
傳　　真：（02）2747-2558
網　　址：http://www.kadokawa.com.tw
劃撥帳戶：台灣角川股份有限公司
劃撥帳號：19487412
法律顧問：有澤法律事務所
製　　版：巨茂科技印刷有限公司
ＩＳＢＮ：978-986-366-860-2
香港代理：香港角川有限公司
地　　址：香港新界葵涌興芳路223號
新都會廣場第2座17樓 1701-02A室
電　　話：（852）3653-2888